Vonne van der Meer

Inselliebe

Vonne van der Meer

Inselliebe

Roman

Aus dem Niederländischen
von Arne Braun

kiepenheuer
AUFBAU VERLAGSGRUPPE

Die Originalausgabe erschien 2002 unter dem Titel
Spookliefde
bei Uitgeverij Contact, Amsterdam.

ISBN 978-3-378-00683-6

Gustav Kiepenheuer ist eine Marke
der Aufbau Verlagsgruppe GmbH

1. Auflage 2008

Einbandgestaltung Henkel/Lemme
Druck und Binden GGP Media GmbH, Pößneck
Printed in Germany

www.gustav-kiepenheuer-verlag.de

Es war niemand in der Kirche, alle Bänke waren leer. Das Rauschen des Ozeans, das man überall auf der Insel hörte, drang nicht durch die dicken Mauern. Das Einzige, was sich bewegte, waren die Flammen der Kerzen und das Flackern in dem roten Ewigen Licht. Käme Ian nur zurück, wäre er nur hier. Als ich draußen auf dem Kiesweg Schritte hörte, dachte ich für einen Moment, dass er es sei.

Eine Frau im Alter meiner Mutter, Anfang vierzig, lief den Mittelgang entlang zu einem Ständer mit Kerzen unter einer großen Marienstatue, in einer Nische links vom Altar. Ich hatte sie schon mal gesehen, sie arbeitete im Buchladen. Sie nahm eine Kerze aus einer Schublade, hielt sie über eine Flamme und pflanzte sie an den Rand des Kerzenwaldes. Nahm noch eine, in derselben Länge, strich damit vorsichtig über die erste und setzte sie daneben. Eingeschliffene Gebärden – wie man sah, tat sie dies täglich, jahraus, jahrein. Die Menschen, für die sie die Kerzen anzündete, waren bestimmt schon sehr lange tot oder krank oder hatten die Insel vor ewiger Zeit verlassen.

Die Frau kniete nicht nieder, erhob den Kopf nicht zu der himmelblauen Maria, sondern blickte vor sich hin in die Flammen. An wen dachte sie jetzt, an Vater und Mutter? Mann und Sohn? Brüder, ertrunken beim Fischen? Die Flammen verrieten nichts. Kerzen brennen für eine Frau nun einmal nicht anders als für einen Mann, für einen nahen Kranken nicht anders als für einen Geliebten am jenseitigen Ufer. Jede Kerze ist ein Geheimnis, das ich gern kennen würde.

Ich schaute durch das Fenster des Pubs nach draußen. Die Sonne war schon vor einer Stunde untergegangen. Meine Eltern waren gerade von ihrem Abendspaziergang zurück. Vorige Woche war Ian um diese Zeit hereingekommen. Auf seinem Hocker, an der Holzvertäfelung gleich neben der Theke, saß nun ein Mann schwer schätzbaren Alters. Sein Gesicht war gezeichnet, aber er hatte flachsfarbenes Kinderhaar. Wir waren ihm hin und wieder begegnet, an Orten, wo wir uns unbeobachtet wähnten, bei der Ruine auf dem Friedhof, beim alten Gefängnis auf der anderen Seite der Bucht, in Grotten, die man nur bei Ebbe erreichen konnte. The fool on the hill, hatte Ian ihn genannt, den Narren vom Berg. Ich wusste nicht, ob es daran lag, dass er auf demselben Platz saß wie Ian vor einer

Woche, als unsere Blicke sich zum ersten Mal gekreuzt hatten, aber ich konnte meine Augen nicht von ihm abwenden. Er saß aufrecht, die Füße auf der einzigen Sprosse des Hockers, die Knie hoch, dicht an seinem Körper. Diese Haltung verlieh ihm etwas von einem Tier, einem Vogel auf einem Zweig. Sein blondes, sonnengebleichtes Haar stand weit ab, Flaumhaar, das Jahr für Jahr vom Wind durchweht worden war. Er sprach mit niemandem, und niemand unternahm den Versuch, ein Gespräch mit ihm anzuknüpfen. Ab und zu murmelte er einen Gruß. Ein paar Mal sah ich, wie er jemandem ein Geldstück in die Hand drückte, doch es wurde ihm stets mit einem unerbittlichen Kopfschütteln zurückgegeben. Dann drängte er nicht weiter, die Ablehnung verursachte keine sichtbare Enttäuschung.

Er saß nur da, mit einem großen, leeren Guinness-Glas auf dem Knie, und schaute geradeaus, zu dem dunklen Fenster, in dem sich die Lichter widerspiegelten, Gesichter, leere und volle Gläser. Er starrte vor sich hin, als ob er durch die Dunkelheit hindurch das Meer sehe könne, die Brandung, ein Frachtschiff am Horizont. An seiner Miene war nicht abzulesen, ob er alles um sich herum wahrnahm oder nichts.

Als mein Vater etwas an der Theke bestellen

wollte, stand ich schnell auf und sagte, dass ich es schon machen würde. Zum ersten Mal sah ich den Mann nun aus der Nähe. Er hatte feine Züge und hellblaue Augen unter struppigen blonden Brauen. Ich fand ihn anziehend und zugleich auch nicht, weil er es nicht sein wollte: Er hatte den abwehrenden Augenaufschlag von jemandem, der es nicht erträgt, angeblickt zu werden.

»Seltsamer Kerl, was?«, sagte ein Engländer, der im selben Hotel wohnte, als ich die Gläser abstellte. »In all den Jahren, die ich schon herkomme, habe ich ihn noch nie woanders sitzen sehen.«

»Vorige Woche saß er nicht dort«, sagte ich. »Da saß mein Freund dort.«

Der Engländer sank ein wenig zurück und hielt sich das Bierglas vors Gesicht, damit nur ich hörte, was er sagte. »Ob es wahr ist, weiß ich nicht, aber es heißt, dass er einen Mord begangen hat.«

»Wann?«, fragte ich begierig, doch sogleich ärgerte ich mich über mich. Natürlich hatte der einzige blonde Mann hier, der einzige, der nie etwas sagte und immer allein über die Insel streifte, einen Mord begangen. »Wann?«, fragte ich wieder.

»Oh, vor sehr langer Zeit.«

Es würde wohl eine Legende sein wie die von dem Felsen, der nach einem gemarterten Bischof benannt war. Jeder kannte die Geschichte, aber niemand wusste, ob sie wirklich geschehen war. Der alte blonde Mann merkte offenbar, dass wir über ihn sprachen, denn er drehte seinen Kopf in unsere Richtung. Ich nickte, und er nickte zurück, ohne mir in die Augen zu sehen, als ob ich eine Spiegelung im Fenster wäre.

Die Musiker hatten sich genug Mut angetrunken und waren dabei, ihre Instrumente zu stimmen. Der Geiger spielte ein A für den Burschen am Banjo, die Frau mit dem kleinen Akkordeon ließ ihr Instrument tief aufseufzen, ein kahler Mann mit Vollmondgesicht streichelte das Fell seiner Trommel und ließ seine Finger knacken.

Die Gespräche verstummten noch nicht, doch man schaute immer häufiger zu den Musikern hinüber. Endlich brach die Musik los, nicht langsam anschwellend, sondern wie stets ganz unvermittelt, als ob ein Radio mitten in einer Melodie angeschaltet würde. In diesem Moment, dem Moment, für den alle hierhergekommen waren, stand der alte blonde Mann auf, blickte um sich, als hätte ihn die Musik aus einem tiefen Schlaf geweckt, und verließ eilig das Lokal.

Bevor er mit meiner Mutter, dem Engländer und einem Guide aufbrach, gab mein Vater mir Geld für ein Sandwich und ein Glas Cider. Sie würden erst zum Abendessen zurück sein. Als die schlimmsten Schauer vorüber waren und der Himmel aufriss, ging ich ins Dorf. Von der Kaimauer aus beobachtete ich die Leute, die mit der Fähre ankamen, und wider besseres Wissen hoffte ich, dass Ian dabei wäre. Danach aß ich etwas im Hafenhotel, einem Ort, wo ich nie etwas bestellen konnte ohne ein Gefühl des Verrats gegenüber dem Hotel, in dem wir wohnten.

Mit dem Wechselgeld in der Hand lief ich in die Kirche, um mich unterzustellen; ich hatte nur einen Pullover an, und es hatte gerade wieder angefangen zu regnen.

Ich hatte noch nie in einer Kirche eine Kerze angezündet, aber die Geste fühlte sich nicht fremd, unpassend oder abgeschaut an. Ich kannte auch kein Gebet, doch während ich in die Flamme blickte, wusste ich genau, was ich sagen musste. Beim Verlassen der Kirche sah ich mich noch einmal um, ob ich zwischen all den Kerzen ein Paar entdecken würde, zwei Kerzen, nebeneinander, von genau derselben Länge.

Auf dem Rückweg zum Hotel ging ich am Buchladen vorbei. Ich verlangsamte meinen Schritt: Durch das Fenster sah ich sie, die Frau, die die beiden Kerzen angezündet hatte. Sie beugte sich über jemanden, den ich aus der Ferne nicht erkannte, doch als ich näher kam, stellte sich heraus, dass es der blonde Mann aus dem Pub war. Ich zögerte, ob ich umkehren sollte. Er saß auf einem Hocker, sie stand hinter ihm und war dabei, vorsichtig etwas aus seinem Haar zu entfernen – eine Klette, ein Stückchen Kaugummi? Als sie fertig war, kämmte sie ihm mit den Fingern das Haar aus der Stirn und strich ihm flüchtig mit dem Handrücken über die Wange.

Die Tür öffnete sich. »Mach deine Jacke zu«, hörte ich sie rufen. »Es regnet, du wirst dich wieder erkälten.« Er trat heraus mit einem Blechtöpfchen, das an einem Bügel über seinem Arm hing. Das Metall scheuerte an seinen Knöpfen. Ohne zu grüßen, ging er die Straße hinunter.

»Dacht' ich's mir doch, dass ich dich aus der Kirche kommen sah«, sagte sie zu mir.

Ich wich ihrem Blick aus und schaute mich nach dem Mann um, der gerade um die Ecke bog. Ich hoffte, sie würde etwas über ihn sagen: ob er ihr Mann sei, ihr Geliebter. Aber sie hatte sich bereits wieder umgedreht, bückte sich, um einen Eisstiel vom Weg aufzuheben, und ging in den Laden. Ich folgte ihr. Es wehte ein starker Wind, und ich schloss schnell die Tür hinter mir.

»Du weißt wohl nichts mit dir anzufangen, jetzt, wo der Junge weg ist?«

»Ja.«

Ich las die Titel auf den Rücken der Bände. Auf den oberen Brettern standen neue Bücher, hauptsächlich englischsprachige Romane, darunter gebrauchte Kinderbücher, zum Ausleihen nummeriert.

»Betest du nicht ein bisschen viel?«

Ich spürte, dass ich errötete.

»Gestern in der Kirche. Nun wieder ...«

Sie lehnte am Ladentisch, die Füße verschränkt, die Arme übereinandergeschlagen.

»Es geht mich nichts an, ich bin nicht deine Mutter, aber ich sage es dir trotzdem ... du solltest vorsichtig damit sein.«

»Warum?«

»Bete nur, dass dein Gebet nicht erhört wird.«

Ich sah sie offenbar verständnislos an.

»Ja, wünsch dir, dass dein Wunsch nicht in Erfüllung geht.«

Ich wartete. Das konnte doch nicht alles gewesen sein. Sie konnte doch so eine Bemerkung nicht im Raum stehen lassen, ohne etwas hinzuzufügen. Warum sagte sie so etwas? Wie von selbst ging mein Blick zur Tür.

»War das Ihr Mann?«

Sie antwortete nicht.

»Er ist ein hübscher Mann, ein besonderer Mann, meine ich ...« Ich stammelte irgendetwas, aber sie schien zu durchschauen, dass es eine Frage gab, die mir auf den Lippen brannte: ob es wahr sei?

Sie wandte sich zum Fenster um, an dem der Regen nun herunterlief, und sah schräg nach oben, in den Himmel. »Wie alt bist du?«

»Siebzehn.«

»Ich war auch siebzehn.«

Die Reflexion des Fensters fiel auf ihr Gesicht, wodurch es aussah, als ob ihr das Wasser über Stirn, Wangen, Mund und Hals ströme. »Ich musste mich sofort entscheiden.« Sie drehte sich um. »Zwischen zwei Fähren. Mit welcher bist du gekommen?«

»Mit der roten.«

»Warum mit der roten?«

»Für die hatte mein Vater Tickets.«

Dann begann sie zu erzählen. Eine Geschichte über ihre Liebe zu einem Mann, der nicht war, was er zu sein schien.

EINS

Sie fing an mit ihrer ersten Überfahrt auf die Insel, vor nunmehr über fünfundzwanzig Jahren. In allen Einzelheiten erzählte sie, von dem Pub, wo sie gewartet hatte, bis die Fähre abfuhr: dass die Fenster beschlagen waren und dass dort ein Geruch von Suppe und nassen Jacken gehangen habe. Oder ist es meine Erinnerung an Suppe und nasse Jacken? Ihre Geschichte hat sich mit meiner Erinnerung an das »O'Connor's« vermischt und an meine erste Überfahrt und mein erstes Mal auf einer Insel. So wie sie sich im Kopf desjenigen, dem ich sie weitererzähle, wiederum mit Erinnerungen an ein anderes Lokal und eine andere Überfahrt vermischen wird.

Sie hatte sich zu einer Frau an den Tisch gesetzt, die genau wie sie in Galway in den Bus gestiegen war. Die Frau schaute sich andauernd um, ob sie all ihre Einkäufe noch habe, vier große Kissen, in Plastik verpackt, mit zu Handgriffen geknüpften Stricken verschnürt. Doch jedes Mal, wenn *sie* die Kissen sah, bekam sie Beklemmungen, als ob ihr Gesicht hineingedrückt würde. Dass es keinen

Plattenladen auf der Insel geben würde und keinen Schuhladen, wusste sie, aber dass man selbst für etwas Alltägliches wie ein Kopfkissen bis aufs Festland musste, hatten ihre Eltern ihr nicht zu schreiben gewagt.

»Kann ich hier ein Ticket für die Fähre bekommen?«, hatte sie gefragt. Der Barmann hatte auf ein Plakat hinter sich getippt, auf dem zwei Schiffe abgebildet waren, ein mittelgroßes und ein kleines. »Es fahren zwei«, hatte er gesagt. »Du kannst wählen.«

Sie erinnerte sich vage, dass ihre Mutter in dem letzten Brief voller Hinweise, Ermahnungen, Zeitpläne und Ausrufezeichen etwas von einem Schiff geschrieben hatte, das sie auf keinen Fall nehmen solle. Oder gerade doch. Sie suchte in der Innentasche ihrer Windjacke und las noch einmal den letzten Teil des Briefes: Wenn viel Betrieb sei, würde das Postschiff auch Passagiere mitnehmen, doch sie solle unbedingt die rote Fähre nehmen, die sei größer und läge ruhiger auf dem Wasser.

Sie starrte auf das Papier über der Theke und verglich die Preise für die rote und die blaue Fähre, die Preise für einfache und Rückfahrkarten. Die rote Fähre kostete mehr, die blaue fuhr eher ab, kam aber zur selben Zeit an, halb vier. Sie öffnete ihr Portemonnaie und zählte ihr Geld: Wenn sie ihren

Vater anlog und die Übernachtung in Galway teurer machte, würde er nicht merken, dass er zu wenig Geld zurückerhielt, würde er nie herausfinden, dass sie eine Rückfahrkarte gekauft hatte. Wenn sie sich beeilte, konnte sie die blaue Fähre gerade noch schaffen.

Sobald sie aus dem Hafen ausliefen, kam dichter Nebel auf. Sie fragte sich, wo die Insel lag, und im selben Augenblick hörte sie, wie sich jemand danach erkundigte. Der Bootsmann zeigte auf einen unsichtbaren Punkt und entblößte grinsend ein schadhaftes Gebiss, das dieselbe Rostfarbe hatte wie die Poller. Als sie von dem Gebiss des Bootsmanns erzählte, strich sie sich mit der Zunge über die oberen Zähne, wie sie es damals in jenem Sommer getan hatte: Eine Woche vor ihrer Abreise hatte der Zahnarzt sie von dem Gatter befreit, das sie drei Jahre lang ständig hatte tragen müssen. Sie konnte sich einfach nicht daran gewöhnen, ihre nackten Zähne zu spüren statt des rauen Metalls. Manchmal, nachts, aber auch tagsüber, stellte sie sich vor, dass es nicht ihre Zunge sei, die über ihre glatten Zähne strich und in ihrer Mundhöhle umherwanderte, sondern eine fremde, eine Jungenzunge.

Sie blickte sich um, ob ihr Koffer noch unter der Überdachung des Steuerhauses stand, zwischen

Körben, Kartons und Kisten mit Vorräten. Sie tastete, ob ihre Tasche noch an ihrer Schulter hing. Eine Tasche und einen Koffer, mehr hatte sie nicht dabei. Die Winterkleidung würde ihr Tante Peggy im Herbst schicken. Sie lief zum Achterdeck, unruhig, mit dem Gefühl, etwas am Kai vergessen zu haben.

Von den grünen Hügeln Connemaras, wo wenigstens noch Busse zu großen Städten, Bahnhöfen und Flughäfen fuhren, vom Festland, dem letzten Bindeglied zwischen ihrem alten und ihrem neuen Wohnort, war jetzt nichts mehr zu sehen. Der Wind nahm zu, das Schiff wurde emporgehoben und schräg aufs Wasser zurückgeworfen. Auf dem Papier hatte die blaue Fähre ziemlich harmlos ausgesehen, wie aus einem Bilderbuch, in Wirklichkeit war sie voller Rostpusteln, und braune Tränen liefen über die weiße Farbe. In der Ferne glitt die rote Fähre ruhig an ihnen vorbei. Jemand winkte, aber von der blauen winkte niemand zurück. Nachdem ein paar große Wellen über das Deck geschlagen waren, bogen sie plötzlich ab, um ihren Kurs im Zickzack fortzusetzen. Das Schiff wurde nun etwas weniger hin und her geschleudert, doch es stampfte nach wie vor. Sie spürte, dass ihr schlecht wurde, schwindlig, sie musste andauernd schlucken. Ein fester Punkt, sie musste sich einen festen Punkt am Horizont suchen und ihren Blick darauf richten. Aber es gab keinen Horizont, das Meer ging nahtlos in den Himmel über, sie hatte Angst, sich zu übergeben.

Zehn Dutzend Kerzen, zwanzig Packungen Seife, Toilettenpapier, Schulhefte, Kreide – sie versuchte sich abzulenken, indem sie die Etiketten auf den Kartons las. Durch die Ritzen einer Kiste sah sie rote Äpfel glänzen. Wenn es keine Äpfel auf der Insel gab, dann gab es auch keine Apfelbäume – und was sonst noch alles nicht? Kein Telefon, hatte Mutter geschrieben, nur der Pfarrer hatte eins. Aber was machte das schon, was sollte sie mit einem Telefon, wenn da doch niemand war, der sie anrief, um zu berichten, dass Susie Dwyer am Freitagabend das Auto von Mike Burke mit Rasierschaum vollgesprüht habe. Wie kindisch. Der Gedanke indes, dass niemand sie mehr mit dem neuesten Tratsch über Susie langweilen würde, machte sie noch kränker, als sie schon war.

Vor einem Jahr hatte das ganze Elend begonnen. Nachdem er wochenlang launisch geschwiegen hatte, hieb ihr Vater an seinem fünfzigsten Geburtstag den Knoten durch: »Wir gehen zurück.« Sie glaubte zunächst, er meine zurück in ihr voriges Haus, das Holzhaus mit der Veranda, das sie noch nicht einmal ein Jahr zuvor gegen ein größeres

Steinhaus in einem teuren Außenbezirk getauscht hatten, in dem er sich nie hatte einleben können. Aber er meinte viel weiter zurück. Er wollte zurück in das Land, das er als achtjähriges Kind hatte verlassen müssen, als seine Eltern nach Amerika emigrierten – nach Irland. Jetzt, wo er genug Geld verdient hatte und ihre älteren Schwestern aus dem Haus und verheiratet waren, jetzt, wo es noch möglich war, wollte er noch einmal von vorn anfangen. Etwas Abenteuerliches tun. Sie schluckte, tastete in ihrer Tasche nach der Rückfahrkarte, umklammerte sie mit der Faust.

Sie öffnete die Augen erst wieder, als sie am Geräusch des Motors hörte, dass das Schiff langsamer wurde. In der Ferne kläffte ein Hund, Möwen umflogen kreischend das Heck. Als eine ins Wasser tauchte, sah sie, dass die Oberseiten der Flügel schwarz waren. Dadurch wurde ihr auf einmal bewusst, was sie vergessen hatte: die Plastiktüte mit dem Abschiedsgeschenk, einem schwarzen Umschlagtuch, das Oma für sie gehäkelt hatte. Wahrscheinlich hatte sie sie im »O'Connor's« stehen lassen.

»Wenn man in die Bucht einfährt, kann man linker Hand unsere Pension liegen sehen«, hatte Mutter geschrieben. Sie stellte sich an die Reling, das

Gesicht im Wind, und kämmte sich mit den Fingern die Zöpfe trocken.

In den graugrünen Hügeln tauchten ein paar kleine Häuschen auf, Heuhaufen, ein Kirchturm und hier und da eine schwarze Kuh. Die rote Fähre hatte bereits angelegt, die Passagiere waren alle von Bord. Sie schaute, ob sie zwischen den Menschen am Hafen ihre Eltern entdecken würde oder ein Auto, das ihnen gehören könnte, doch sie sah ausschließlich Wracks, schrottreif.

Das Schiff schaukelte nach wie vor, auch als es vorn und hinten fest vertäut war; die Laufplanke scheuerte am Kai und wippte zuweilen in die Höhe. Der Bootsmann mit den braunen Zähnen reichte alle Koffer und Kartons an einen Jungen weiter. Einen Jungen oder einen Mann; sein Alter war schwer zu schätzen, denn er trug eine große Öljacke mit weiter Kapuze. Ein kleiner, braun-weiß gescheckter Collie sprang ständig an ihm hoch, aber der Junge herrschte ihn nicht an, streichelte ihm während des Entladens dann und wann den Kopf, strich ein vom Wind umgeklapptes Ohr wieder zurecht. Der Hund hatte auch etwas Unwiderstehliches: Auf seiner Stirn, genau zwischen den Augen, befand sich ein frommer schwarzer Punkt. Vielleicht würde ja alles halb so schlimm werden, würde sie sich hier doch einleben, es war schließlich eine Insel, mit Stränden, wo man baden konnte. Vielleicht ließe sich ihr Vater ja überreden, ein Tanzlokal zu eröffnen, in dem sie hinter der Theke stehen könnte, oder ein Autokino, dafür gäbe es bestimmt auch Bedarf.

Als sie die Laufplanke hinunterging, begann das Schiff sich wieder zu bewegen, und sie ergriff die Hand, die ihr entgegengestreckt wurde. Es war eine starke Hand, die ihre nicht zerdrückte, aber auch nicht losließ, bevor sie am Ufer stand. Sie wollte dem Jungen danken, doch ein Windstoß klebte ihm die Kapuze ins Gesicht, auf der Seite, die ihr zugewandt war.

Sie nahm ihren Koffer und lief den Kai entlang. Ihre Eltern waren nirgends zu sehen. Nirgends stand ein Schild mit dem Namen der Insel oder ein Plan hinter Glas wie in jedem Nest, auf dieser Welt. Ein brauner Lieferwagen näherte sich hupend, und für einen Moment glaubte sie, in dem winkenden Mann am Steuer ihren Vater zu erkennen, aber er konnte es nicht sein. Ihr Vater hatte immer Chryslers und Buicks gefahren, breit und glänzend. Sie blickte sich zu dem Jungen um, der ihr von Bord geholfen hatte. Wenn niemand käme, würde sie ihn bitten, ihr den Weg zum Hotel zu zeigen.

Sie stieg auf der falschen Seite ein, auf der rechten, wie sie es gewohnt war. Ihr Vater, der ihren Koffer in den Wagen stellte, musste darüber lachen. Sie rutschte auf den anderen Vordersitz. Das fahlbeige Leder war zerrissen und mit breitem, schwarzem Klebeband geflickt. Hier und da lugte der Schaumgummi hervor, und der Fußboden des Autos hatte ausgefranste Löcher.

Ihr Vater wollte gerade losfahren, als jemand ans Fenster klopfte. Es war die Frau aus dem Pub, mit einer Plastiktüte in der Hand. »Gehört das nicht dir?«

Sie nickte und griff nach der Tüte. Sie hatte sich nicht sonderlich über Großmutters Häkeltuch gefreut, doch da es ihr nun nachgereist war, musste sie es wohl mitnehmen.

»Von Oma. Ich habe auch einen Brief für euch dabei.«

»Wie geht es ihr?«

»Sie ist traurig. Weil ich jetzt auch weg bin.«

Sie schaute zu ihm, ob er sich den Vorwurf auch genügend zu Herzen nahm, aber er verzog keine Miene.

»Schade, dass es so ein Unwetter ist.« Er musste schreien, um das Rattern des klapprigen Fahrzeugs zu übertönen. »Normalerweise hat man hier eine herrliche Aussicht, bis ans andere Ufer.«

Es war, als ob sie durch einen Tunnel führen. Ein Tunnel in einem Traum, in dem man verfolgt wird, aber keinen Ausweg weiß, weil einem die Muskeln den Dienst versagen. Auf der einen Seite, ihrer Seite, lag das bleigraue Meer. Auf der Seite ihres Vaters eine graue Mauer aus aufgeschichteten Steinen, die hin und wieder unterbrochen wurde von Pfählen und Stacheldraht, in dem graue Wollbüschel hingen.

Jedes Mal, wenn aus dem Nebel ein Auto auftauchte – auf der falschen Seite für ihr Empfinden –, zuckte sie zusammen. Sie presste den linken Fuß auf den Boden und war versucht, ein Lenkrad zu ergreifen, das nicht da war. Ihr Vater schien ihr weit entfernt, weiter als in der Zeit, da sie noch in Amerika war. Er trug einen Pullover aus dicker weißer Schafwolle, den sie noch nie gesehen hatte, und sein Haar war im Nacken ausrasiert und anders geschnitten, kürzer, wodurch seine Ohren größer wirkten, Bauernohren. Er roch nicht nach sich selbst, in seinem Pullover hing ein dumpfer Brandgeruch. Er sprach auch anders, über andere Dinge und Menschen, die sie nicht kannte. Fremde Namen und Laute flossen ihm von den Lippen, als ob er hier schon seit eh und je umhergelaufen wäre. Er zeigte auf eine Bucht, die »Fischers Kummer« hieß, und eine Totengrotte. Die Ruine auf der Landzunge jenseits des Hafens sei zu Cromwells Zeiten ein Gefängnis gewesen, erzählte er aufgeräumt, und an dem Felsen in jener Bucht dort sei einst bei Ebbe ein Bischof festgebunden worden. Manchmal, bei einem bestimmten Lichteinfall, sehe man sein violettes Gewand in Fetzen um den Felsen hängen.

»Wann ist dieser Bischof ertrunken?«

»Oh, vor ein paar hundert Jahren.«

Es schien ihr kein gutes Zeichen zu sein, dass er etwas, das so lange her war, in einem Ton erzählte, als ob es gestern geschehen wäre.

An einer Kurve drosselte er die Geschwindigkeit, um einen Traktor passieren zu lassen. »Der weiße Turm da, diese Bake, wird demnächst entfernt. Sie werden auch die Straße verlegen, es wird hier zu schmal. Die Küste bröckelt immer weiter ab.«

»Ihr habt also ein Hotel auf einer Insel eröffnet, die im Meer verschwindet?«

Sie hatte es von Anfang an für einen unseligen Plan gehalten, und nun bekam sie recht.

»Nur hier. Hier ist der Boden sehr kalkhaltig.« Es war einen Moment still, und dann fuhr er fort: »Noch etwas, Phil. Nenn es nicht Hotel, nicht wenn deine Mutter dabei ist. Die tut sich schon so schwer damit. Es ist noch kein Hotel, es wird ein Hotel. Mit der Zeit.«

Das Gebäude war viel kleiner, als sie es sich aufgrund der Beschreibungen ihres Vaters vorgestellt hatte. Rechts lag, im Schutz eines Hügels, schon seit etlichen Jahren ein Pub, daneben der Teil, den ihr Vater gebaut hatte, »der neue Flügel«. Im Erdgeschoss des Flügels befand sich ein kleiner Speisesaal, darüber waren die Zimmer der Gäste. Das flache schwarze Dach sei nur ein Provisorium, erklärte ihr Vater, damit sie nach und nach problemlos weiterbauen könnten. Um die Eintönigkeit zu durchbrechen, hatte ihre Mutter vor alle Fenster des untersten Stockwerks Blumenkästen gehängt, in denen farbenfrohe Fettpflanzen im Wind zitterten.

Wie sie da in einer Plastikschürze nervös stand und winkte, hatte ihre Mutter selbst auch etwas von einer Fettpflanze. »Warum bist du nicht mit dem großen Schiff gekommen? Ich habe dir doch geschrieben, dass du die rote Fähre nehmen sollst? Liest du meine Briefe nicht? Muss ich über jeden Brief schreiben: bitte lesen? Na, dann zeig mir mal deine Zähne. O Thad, sieh nur, wie schön.« Auch ihre Mutter roch anders als früher. Nach Spiegeleiern und Speck, und in ihren Kleidern hing jener eigentümliche Kamingeruch.

Außer dem Speisesaal, der Küche und ihren eigenen Räumen auf der anderen Seite waren erst ein paar Zimmer fertig. Ihres lag nicht zum Meer hin, wie sie gehofft hatte, sondern an der Rückfront, gleich neben der Küche. Es war ein winziger Raum, in den gerade ein Bett, ein Schrank und ein Tischchen passten. Auf der kleinen ummauerten Fläche unter ihrem Fenster scharrten ein Hahn und ein paar braune Hühner zwischen Löwenzahn und Brennnesseln. Überall lagen Ziegelsteine und Bretter unter Planen, die im Wind flatterten.

»Dort ist die Toilette.« Ihre Mutter zeigte auf ein steinernes Kabäuschen mit Sodendach, am Ende der Fläche. »Man gewöhnt sich daran, wirklich.«

Während ihre Mutter den Koffer auspackte, blieb Phil vor dem Fenster stehen. Der Nebel lichtete sich langsam, und sie konnte immer weiter sehen. Eine Straße, die sich in zwei schmale Wege gabelte, Strommasten mit langen, schlaffen Drähten, Häuser mit Schornsteinen, aus denen Rauch kam – Rauch, im Juli. Ein Puzzle aus Mauern und Äckern, so weit das Auge reichte.

»Wie viele Kleider du mithast.«

»Ich dachte, es ist Sommer.«

Ihre Mutter fischte das Umschlagtuch aus der Tüte und hielt es stirnrunzelnd hoch. »Lächerlich, so ein schwarzes Tuch, für ein junges Mädchen.«

»Oma hat gesagt, dass alle Frauen auf den Inseln so ein Tuch tragen.«

»Im vorigen Jahrhundert vielleicht.«

»Dieses Jahrhundert, voriges Jahrhundert, spielt das hier denn eine Rolle?«

Zuerst dachte sie, es käme von der Schiffsfahrt, aber nach einer Weile fand sie heraus, dass es der Geruch war, der ihre Kopfschmerzen verursachte, der Geruch der Insel. Durch die Stille, die dort herrschte, eine tiefe Stille wie in einer leeren Kirche, hörte man nicht nur jedes Geräusch ganz deutlich und schon aus großer Entfernung, sondern man roch auch schärfer. Überall, wo Häuser standen, überall, wo geheizt wurde, hing dieser schwere, dumpfe Torfgeruch, der vage an Petroleum erinnerte. Nicht weit von der Pension entfernt lag das Gebiet, wo der Torf herkam, eine Mondlandschaft mit Kratern, großen mattschwarzen ausgehobenen Stellen – die düsterste Landschaft, die sie je gesehen hatte.

Schon seit einer Weile trippelten ein paar Schafe vor ihr her, unbeholfen, weil ihre rechten Vorder- und Hinterbeine mit Stricken verbunden waren. Über das Fell auf ihrem Rücken liefen breite grellrote Streifen, als ob Gott sich erst die Lippen geschminkt und dann eins nach dem anderen geküsst hätte. Sie versuchte eines der Tiere einzuholen, aber ehe sie ihre Hand auf das Fell legen konnte, duckte es sich scheu weg und suchte Deckung hinter den Überresten eines Autos. Phil zog ein Büschel Wolle aus dem Stacheldraht und wand es sich um den Finger. Es roch nach Schaf, war noch ein bisschen feucht und fühlte sich fettig an. Überall am Straßenrand standen Autowracks, mit platten Reifen, auf den Felgen, ohne Scheiben, in allen Stadien des Verrostens. Sie waren zurückgelassen worden, wo sie einst ihren Geist aufgegeben hatten.

»Was verdiene ich eigentlich?«, hatte sie ihre Mutter beim Auspacken gefragt.

»Nichts. Bridget erledigt die schweren Arbeiten. Du hilfst mir beim Rest. Du bekommst ein bisschen Taschengeld. Du brauchst hier auch nichts. Du kannst es doch nicht ausgeben.«

Rost, überall Rost.

Auf den Felsen entlang der Küste lag rostfarbener Tang, das Moos auf den Steinmauern hatte diese Farbe und auch der Hahn unter ihrem Fenster. Sofern die Insel nicht allmählich im Meer verschwand, war sie dabei wegzurosten – und jeder sah es, außer ihren Eltern. Hätten sie ein Geschäft in Irland eröffnet, hätte sie dafür Verständnis gehabt. Etwas in Dublin, wo noch Verwandte wohnten, oder in Galway, aber warum hier, auf einer kleinen Insel?

In der Tiefe lag eine hufeisenförmige Bucht mit

weißem Sand. Wellen rollten von zwei Seiten gleichzeitig auf den Strand und fielen schäumend übereinander. »Dort darfst du nie baden«, hatte ihr Vater gesagt, »dort gibt es eine gefährliche Strömung.« Einst waren hier drei Fischer ertrunken, junge Männer von einer anderen Insel, ihre Leichen waren meilenweit entfernt angespült worden.

Vielleicht waren sie ja von der Insel da gekommen. Ihr Vater hatte sie ihr auf der Karte gezeigt, sie erkannte die Form, erkannte, was er darüber erzählt hatte: Häuser ohne Dächer, die waren fortgeweht worden oder verrottet. Schornsteine, aus denen kein Rauch kam, ein flatterndes Stück Vorhang, abgebröckelte Mauern. An den tiefen Furchen im Gras konnte man sehen, wo früher Kartoffelfelder gewesen waren. Voriges Jahr waren die letzten Bewohner weggezogen. »Geisterinseln« wurden sie genannt. Menschen ihres Alters gingen immer als erstes, nach Dublin und London oder nach Kanada oder Amerika, wie ihre eigenen Vorfahren. Sobald sie genug gespart hatten, holten sie ihre jüngeren Geschwister herüber.

Warum sollte hier nicht dasselbe passieren? Wieso glaubte ihr Vater, dass er das Blatt wenden, dass er Touristen hierher locken könne? Die Häuser, die leer wurden, ließen sich seiner Meinung nach alle zu Ferienhäusern umbauen, und jedes Boot, das nicht mehr zum Fischfang gebraucht wurde, konnte für Ausflüge genutzt werden. Ausflüge wohin? Zu diesen verlassenen Inseln mit ihren leeren Häusern? Es war ein unsinniger Plan.

Phil fuhr sich mit der Zunge über die Zähne. »Auf so einer Insel wirst du nie einen Mann finden«, hatte Oma gesagt. Mit jeder Stunde, die sie länger hier war, wurde es ihr klarer: Ihre Eltern waren in die falsche Richtung emigriert.

Thad stand in einem sauberen Oberhemd hinter der Theke und strahlte. Es war genau so eine Kneipe, wie er sie aus seiner Jugend in Galway in Erinnerung hatte, sein Leben lang hatte er danach gesucht. In der Mitte befand sich ein Billardtisch, der an gut besuchten Abenden mit einer Plane abgedeckt wurde. Der Boden war ziegelrot gefliest, und an den Wänden standen ringsherum kahle Bänke. Als er den Pub kaufte, hatte er geschworen, ihn zu lassen, wie er war.

Er deutete auf das Glas Bier, das er für Phil eingeschenkt hatte, doch sie schüttelte den Kopf. Sie mochte es nicht. Es hatte die Farbe von Cola, aber es schmeckte nach einer Mischung aus lauwarmem Tee und Kaffee. Sie wich seinen aufmunternden Blicken aus und betrachtete die gerahmten Fotos an der Wand: die Insel im Schnee, vor zwanzig

Jahren hatte es hier zum letzten Mal geschneit. In Kansas schneite es jeden Winter, und im Sommer wurde es so heiß, dass man sich keinen Rat mehr wusste. Dann schlief sie nachts nackt, nur mit einem Laken bedeckt.

Ihre Mutter stieß sie an, um ihr jemanden zu zeigen. Nach einem halben Jahr schienen ihre Eltern alle Bewohner beim Namen zu kennen, und jeder kannte sie, doch sie blieben »die Amerikaner«, auch wenn sie noch so oft sagten, dass sie der Herkunft nach Iren seien und hier begraben werden wollten. Wie konnten sie so etwas behaupten? Nach drei Tagen hatte sich Phil an den Geruch des Torfs gewöhnt, er hatte sich in ihren Kleidern festgesetzt, in ihren halblangen Zöpfen; diesen Geruch fand sie abends beim Schlafengehen auf ihrem Kopfkissen wieder. Von ihr dagegen hing nichts an der Insel. Wenn sie nicht bediente, Betten machte oder in der Küche beim Abwaschen half, saß sie am Hafen und beobachtete die Leute, die mit der roten oder blauen Fähre abreisten. Die meisten Touristen kamen für einen Tag, höchstens für ein paar Tage. Sie stellte sich vor, dass sie es sei, die abfuhr, und ein bedauernswertes Mädchen, das sich auf der Kaimauer die Zöpfe um die Finger wand, winke ihr nach. Sie schaute zu der weißen Segeljacht mit schwedischer Flagge, die seit ihrer Ankunft in der Bucht lag, und sann auf eine Art und Weise, sich an den Eigner oder einen seiner Söhne heranzumachen. Ein Mann mit einer seetüchtigen Jacht war die einzige Möglichkeit, hier wegzukommen.

Je länger sie sich am Kai herumtrieb, desto unsicherer wurde sie. Früher hatte sie sich einreden können, es liege an ihrer Zahnspange, dass sie noch nie einen Freund hatte, nie zum Cheerleader gewählt wurde oder für eine Rolle im Schulmusical. Mit einer Spange konnte man nicht lächeln und endete immer im Ausstattungsteam oder im Festkomitee, das Ballons aufblies und am Morgen nach dem Ball die Turnhalle fegte. Lief sie nach so einem Nachmittag am Kai langsam die Straße zu ihrer Pension auf der Westseite der Insel hinauf, beschlich sie die Angst, dass sie hier nie jemanden kennenlernen würde. Wenn sie nicht schnell wegkäme, würde es ihr ergehen wie den Schafen mit ihren gebundenen Beinen. In regelmäßigen Abständen stürzte eines von einer Klippe, »aus Versehen«, sagte ihr Vater, doch Phil war sich sicher, dass sie sich absichtlich in die Tiefe fallen ließen, weil sie dem weißen Schaum, der wie ein großes Schaffell auf dem Wasser trieb, nicht widerstehen konnten.

»Da haben wir den Schulmeister«, sagte ihre Mutter und deutete mit dem Kopf zärtlich auf einen blonden Mann mit einem Geigenkasten.

»Unser Dichter. Immer zu spät.« Der Mann legte seine triefende Öljacke auf den Billardtisch, schüttelte sich die Regentropfen aus dem Haar und setzte sich zu den anderen Musikern in einem Kreis um den Tisch am Fenster. Als er begann, seine Geige zu stimmen, schlug draußen ein Hund an – ein schrilles Kläffen, das erst aufhörte, als der Lehrer ans Fenster wummerte und heftig gestikulierte.

Sie wusste nicht, wie lange die Musik schon im Gange war, wie viele Stücke schon gespielt worden waren, als es stiller wurde im Lokal, still von Erwartung. Sie schaute zur Tür, aber es kam niemand herein. Jemand fing an zu singen, allein, ohne Begleitung. Es war der Lehrer, er hatte seine Geige auf den Tisch gelegt und sang, eine Zigarette zwischen Daumen und Zeigefinger, als würde er laut nachdenken. Mit geschlossenen Augen, halb vom Publikum abgewandt, trug er eine Ballade über einen jungen Mann vor, der aus Irland wegging, um sein Glück in Amerika zu versuchen. Dann und wann trat sein spitzer schwarzer Schuh den Rhythmus mit. Eine Strophe kehrte immer wieder:

Grüne Hügel, graue Bai.
Nachts sieht er seine Mutter winken,
mit beiden Händen, dort am Kai,
als ob ihre Arme Späne wären.

Phil klammerte sich an den Rand der Bank, presste die Schulterblätter gegen das Holz und schloss die Augen. Sie wollte diese Worte nicht hören, diese Worte betrafen sie nicht, eben nicht. Das Heimweh, von dem der Lehrer sang, ging in die andere Richtung, ihrem entgegengesetzt, hin zu kahlen Hügeln ohne Apfelbäume mit mattschwarzen Stellen, wo es seit zwanzig Jahren nicht mehr geschneit hatte. Das musste sie sich nicht anhören, hierüber zu weinen, wäre ein Irrtum, Verrat.

Aber viele Sätze, viele Strophen später merkte sie, dass es keine Rolle spielte. So wie es keine Rolle spielte, dass sich jemand in einem Lied nach einer Frau sehnte, während sie sich nach einem Mann sehnte. Die Sehnsucht war dieselbe. Seine Stimme rührte das ganze Heimweh auf, das Heimweh nach dem Stand, wo sie sich immer Eis gekauft hatte, nach ihren Katzen, die nun bei Tante Peggy wohnten, nach den linden Spätsommern, wenn sich die Bäume im Garten und in den Alleen um das Haus gelb und rot färbten. Woher wusste man, dass es Herbst wurde, wenn es keine Bäume gab? Heimweh nach Menschen und Orten, an die sie seit ihrer Abreise nicht mehr gedacht hatte. Es lag bloß, wie das Gerümpel im Hafen bei Ebbe. Sie konnte es endlich betrachten, aus der Nähe, drumherum laufen. Sie ließ die Bank los und öffnete die Augen. Sie ergriff das Glas mit dem lauen Bier, das noch immer vor ihr auf dem Tisch stand, trank und ließ sich treiben.

Phil unterbrach sich, um aus dem Fenster zu schauen. In diesem Moment vernahm ich in der Ferne das Heulen des Schiffes. Zwei kurze Stöße und ein langer. Ich fürchtete, dass ich den Rest ihrer Geschichte nicht mehr zu hören bekommen würde, denn ein neues Schiff brachte immer Touristen mit, die alles Mögliche wollten, Pläne von der Insel und Ansichtskarten. Doch ich hatte jegliches Zeitgefühl verloren: Die Morgenfähre war längst angekommen, diese hier war im Begriff abzulegen. Das Heulen eines abfahrenden Schiffes war wie ein Windstoß. Es trieb die Zurückbleibenden aufeinander zu, machte gesprächig.

Mit dem Rücken zu mir erzählte Phil, wie das Lied alles verändert hatte. Sie wollte es nicht für mich singen, nicht das ganze Lied, das könne nur er. Während sie weitererzählte, fragte ich mich, ob der Dichter noch manchmal für sie sang, dieses Lied oder ein anderes. Hatten sie irgendwann geheiratet, oder hatte der alte blonde Mann, dessen Wange sie gestreichelt hatte, seinen Platz eingenommen? Der Mann, von dem es hieß, er habe einen Mord begangen.

Thad hatte angeboten, sie und ihre Mutter mit dem Lieferwagen zur Kirche zu bringen, aber da es so mild und windstill war, beschlossen sie, zu Fuß zu gehen. Im sacht gekräuselten Wasser glitzerte das Sonnenlicht. Lange bevor sie die Kirche sah, hörte sie schon die Glocken. Dadurch, dass es kein Geräusch von Autos, Wind oder gegen die Felsen schlagenden Wellen gab, klang jeder Ton gleich hell, so und nicht anders gemeint.

Zum ersten Mal trug Phil keine Hose, sondern einen Rock, ohne Strümpfe. Bei jedem Schritt spürte sie den Stoff über ihre nackten Beine streichen. Stoff über Haut über Stoff, das Sonnenlicht, die Glocken, der schneeweiße Kies auf dem Weg zur Kirche. Sie musste zugeben, dass sie sich glücklich fühlte.

Während des Singens, des Kniens, nach der Kommunion, immer wieder schaute sie um sich. Sie erblickte Gesichter, die sie am Abend davor im Lokal auch gesehen hatte. Sie hoffte, ihre Mutter würde sie anstoßen und flüstern: »Unser Dichter, immer zu spät.« Aber er kam nicht zu spät, er kam überhaupt nicht. Nach der Messe hakte sich ihre Mutter unter, um mit ihr zur Pension zurückzulaufen, doch Phil hatte längst einen Entschluss gefasst: Sie wolle die Insel erkunden, sagte sie. Außer dem Hafen und dem westlichen Teil, dem kahlen Teil mit den hohen Klippen, hatte sie noch nichts von der Insel gesehen. Auf der Westseite standen noch etwa zehn Häuser, aber keine Schule, das wusste sie genau, die musste sich also auf der anderen Seite befinden.

Sie ging den Weg an der Kirche hinauf, bog auf einen Pfad ein, der an Weiden und Äckern vorbeiführte. Die Mauern waren hier von Fuchsiensträuchern überwuchert, roten Fuchsien. Der graue Stein schimmerte nur an wenigen Stellen hindurch, ein Scheitel in einem dicken Haarbüschel. Sie brach einen Zweig ab und steckte ihn unter den Gummi ihres Pferdeschwanzes. Sicherheitshalber hatte sie ihr Haar nur zu einem Zopf gebunden, so wirke sie »erwachsener«, hatte Susie Dwyer ihr mal gesagt.

Die Heuhaufen auf den Äckern waren genauso blond wie der Lehrer – Seamus hieß er. Er konnte zwanzig sein, aber auch fünfundzwanzig. Die Männer hier bekamen früh Runzeln, vor allem um die Augen, durch das ewige In-die-Ferne-Starren nach einem Schiff. Über den meisten Heuhaufen lag ein Stück Fischnetz, um das Heu gegen Windstöße zu schützen. Phil blieb stehen, um sie zu betrachten, und fragte sich, was sie roch. Eine Brise trug die salzige Ozeanluft den Hügel herauf und mischte sich mit dem Duft des Heus. Meer und Heu, Gras und Salz, zwei Gerüche, die sie noch nie im selben Moment wahrgenommen hatte. Sie atmete tief ein, als ob sie tagelang mit dem Gesicht in einem Kissen gelegen hätte. Seamus hatte sie nicht bemerkt, er wusste nichts von ihr, aber es war, als hätte er jenes Heimwehlied für sie gesungen.

Der Pfad wurde allmählich steiler, machte eine Kurve. Schon seit einer Weile konnte sie die Bucht nicht mehr sehen, wenn sie sich umschaute, und die See nicht mehr riechen, und dennoch hörte sie ein leises Rauschen. Sie erwartete, dass auf der anderen Seite des Hügels wieder das Meer liegen würde, die östlichen Buchten, die ihr Vater ihr auf der Karte gezeigt hatte, doch als sie am höchsten Punkt des Weges stand, erblickte sie einen kleinen See, umsäumt von Schilf mit Rispen aus Blattgold. »Wenn man um die Insel herumläuft, ist es, als zöge man von Land zu Land«, hatte ihr Vater gesagt. Er hatte recht, das hier glich der Schweiz, auf dem Einwickelpapier der Schokolade, die sie so mochte. Allein deshalb würde sie hier gern bleiben.

Aber sie lief weiter, am Friedhof vorbei, wo ihre Eltern begraben werden wollten. Die Grabsteine schauten alle in dieselbe Richtung, wie leere Liegestühle, zum Meer hin in der Ferne. Es war das klarste Wasser, das sie je gesehen hatte, der weißeste Strand, viel breiter als in Connecticut, wo sie die Sommer früher immer verbracht hatten. In der Kuhle einer Sandwehe saßen ein paar Frauen auf gestreiften Handtüchern, ein Kind sprang von einer Düne und ließ sich hinunterrollen. Sie hatte Lust, ihre Schuhe abzuwerfen und auch durch den Sand zu rennen, zu spüren, wie warm er war, wie kalt das Wasser, doch sie musste weiter, sie hatte es eilig.

Es stand kein Name über dem Eingang oder am Zaun, aber vom Weg aus sah sie eine Wandtafel und eine Weltkugel. Es war ein kleiner Globus, als ob die Erde so freundlich gewesen sei, sich dem Format der Insel anzupassen. Sie schaute in das leere Klassenzimmer, stellte sich vor, dass Seamus dort stünde und von Hungersnöten berichtete und von grausamen Gutsherren und wracken Schiffen, die mit viel zu vielen Emigranten an Bord nach Amerika übersetzten – dieselben Geschichten, die Oma ihr so oft erzählt hatte. Vielleicht schloss er die Augen, genau wie beim Singen, um sich besser einfühlen zu können.

Gleich neben der Schule, auf demselben Gelände, befand sich ein weißes Haus mit schwarzen

Dachziegeln, einer schwarzen Tür und Fenstern mit schwarz-weiß gestrichenen Läden. Wie auf eine Tafel gezeichnet sah es aus. Im zweiten Stock waren die Fenster offen, aber sie entdeckte niemanden im oder um das Haus. Während des Spaziergangs zur Kirche hatte sie ihre Mutter fragen wollen, ob der Lehrer verheiratet sei oder verlobt, allein es war ihr nicht gelungen, das Thema beiläufig anzuschneiden. Sein Haus beruhigte sie. Es war groß genug für zwei Leute, doch ganz offensichtlich wohnte hier keine Frau. Es standen keine Fettpflanzen vor den Fenstern, kein Klimbim und keine Heiligenfiguren, und an der Wäscheleine hingen nur Männersachen. Vier Oberhemden, zählte sie, acht Unterhosen, vier Paar schwarze Socken. Der Wind bewegte die Hemden sacht hin und her, vier Brüder in einer Reihe, die miteinander tuschelten.

Sie trat an den geteerten Zaun und wollte gerade die Pforte öffnen, um das Haus aus der Nähe zu betrachten, als sie drinnen eine Tür zuschlagen hörte. Schnell drehte sie sich um und lief weg. Sie wusste genau, was sie Seamus fragen wollte; während der Messe und den ganzen Weg hierher hatte sie ihre Bitte eingeübt, auf verschiedenste Weise, doch nun, da er zu Hause zu sein schien, erschrak sie.

Eine Zeitlang vernahm sie nichts als ihre eigenen Schritte, das Knistern der Steinchen unter ihren Sohlen auf dem langen, geraden Weg. Sie war schon ein Stück von Seamus' Haus entfernt, als sie es bellen hörte. Zuerst sah sie nur die wogende Bewegung im hohen Gras, danach den Hund, der mit großen Sprüngen über die Felder auf sie zugerannt kam. Sie erkannte ihn nicht, es gab so viele Collies auf der Insel, sie wurden gebraucht, um die Schafe zusammenzutreiben. Die Hunde waren auch alle miteinander verwandt. Erst als er über das Mäuerchen hinweg auf den Weg sprang, bemerkte sie, dass er einen Punkt zwischen den Augen hatte. Sie blickte um sich, doch sein Herrchen, der Junge, der ihr am ersten Tag an Land geholfen hatte, war nirgends zu entdecken. Sie hockte sich hin, streichelte den Hund, legte ihre Wange an sein warmes Fell, das nach Sonne und Gras roch, ließ zu, dass er mit seiner rauen Zunge ihre nackten Knie leckte. All die Zeit hatte sie das Gefühl, dass sie jemand beobachtete, hinter einer Mauer oder von einem der Häuser in der Ferne aus. Aber sie sah oder hörte niemanden, nur den Wind, der hin und wieder auffrischte und hoch und klagend in den Stromleitungen sang.

Der Hund begleitete sie den ganzen Weg. Sie erwartete, dass er zum Pier hinunterrennen würde, zu den vertäuten Booten, wo sich immer Jungen mit Mopeds herumtrieben, doch er lief schnurstracks zu der kleinen quadratischen Baracke gegenüber dem Pier. Als sie dort das erste Mal vorbeigekommen war, hatten Männer gerade die Tür und das Fenster eingesetzt. Jetzt bemerkte sie hinter dem Fenster jemanden, der Bretter schleppte, und über der Tür hing ein neues Schild, auf dem in schnörkellosen Buchstaben stand: BÜCHER.

Sie folgte dem Hund über einen Pfad, den es noch nicht gab, denn das Gelände um den Laden herum war steinig, hier und da wuchs ein Büschel Gras. Sie machte es wie er und nahm den kürzesten Weg zum Eingang. Auf halber Strecke blieb sie stehen: Alles auf dieser Insel war schon da, die Hügel, Buchten, Ruinen, Geschichten – alles war schon vor Jahrhunderten da gewesen, nur dieser Pfad nicht. Vielleicht war sie ja die Erste, die ihn vor sich sah.

Es wollte ihr zunächst nicht in den Kopf. Sie war sich sicher, dass Seamus nicht hier sein konnte, dass er in dem schwarz-weißen Haus war, wo sie eine Tür hatte zufallen hören. Als er vor ihr stand, starrte sie ihn an und wusste nicht, was sie sagen sollte. Seamus trug dieselbe schwarze enganliegende Jeans wie am Abend zuvor und ein Hemd, dessen Ärmel er hochgekrempelt hatte, bis über die Ellenbogen. Er hatte milchweiße Arme mit blonden Härchen, die im Sonnenlicht rötlich schimmerten.

»Ich habe noch nicht geöffnet.«

»Ich wollte nur mal schauen, was das für ein Laden ist.«

Er zog die Augenbrauen hoch und zeigte auf das Schild über der Tür.

»Bücher«, stammelte sie, »natürlich, Bücher.«

»Vorläufig nur antiquarisch. Aber irgendwomit muss ich anfangen, ein Dorf ohne Buchladen ist kein Dorf.«

Sie nickte ernst, sagte, dass auch noch ein Plattenladen fehle und eine Eisdiele mit einer Jukebox. Und ein vernünftiger Schuhladen eigentlich ebenso. Er krümmte die Schultern, zwängte seine Hände in die Taschen und musterte sie argwöhnisch. Sie fragte, ob er auch Kaugummi verkaufe, und als er den Kopf schüttelte, erzählte sie ihm, dass dort, wo sie herkomme, alle Buchläden Kaugummi verkauften. Kaugummi und Zigaretten.

»Du meinst einen Kiosk.«

»Ein Kiosk, ja …«

»Das hier ist ein Buchladen. Ist noch was? Sonst gehe ich wieder an die Arbeit.«

Drinnen hörte sie den Hund ein Schälchen Wasser ausschlabbern. Seamus war nicht immer so abweisend. Sie tröstete sich mit der Erinnerung an einen Mann, der ihr die Hand entgegengestreckt hatte, weil er merkte, dass sie nicht an schwankende Laufplanken gewöhnt war. In ihrer Phantasie ging sie die Planke noch einmal hinunter, verlor beinahe das Gleichgewicht und ergriff die Hand von jemandem, dessen Gesicht sie nicht sehen konnte, weil der Wind die Kapuze dagegen blies.

Sie ging die Laufplanke in ihrer Erinnerung so lange hinunter, bis sie genug Mut geschöpft hatte, betrat den Laden und fragte, ob sie sich das Lied abschreiben dürfe, das er am Abend zuvor im Pub gesungen hatte. Sie fischte Notizblock und Stift, die sie von zu Hause mitgebracht hatte, aus ihrer Rocktasche, aber er nahm es nicht wahr, denn er stand mit dem Rücken zu ihr und maß etwas aus.

»Diesen Text gibt es nicht auf Papier, der ist in meinem Kopf.«

»Hast du ihn denn selbst geschrieben?«

Er nickte. Während er sich endlich umdrehte, fragte er, ob ihr das Lied gefalle und warum. Was daran so schön sei? Er fragte es streng, forschend, wie in einer Prüfung.

»Weil es vom Heimweh handelt«, sagte sie.

»Hast du das denn, Heimweh?«

Sie zuckte mit den Schultern.

»Und wonach hast du Heimweh, nenn mir mal was? Was Konkretes.«

»Nach Bob und Willy.«

»Deine Verehrer?«

»Meine Katzen. Sie konnten nirgendwo hin, niemand wollte sie haben, ich musste sie töten lassen.« Sie wusste nicht, wie sie darauf kam, aber zum ersten Mal schien er sie ernst zu nehmen.

»Ich hatte dort so viel zu tun«, fuhr sie in ihrem Übermut fort. »Ich war Cheerleader, falls dir das was sagt, und ich habe jedes Jahr beim Schulmusical mitgemacht, immer Hauptrollen.«

»Na, dann wirst du dich hier ja zu Tode langweilen.«

Er wartete ihre Antwort nicht ab, hatte ihr schon wieder den Rücken zugewandt und begann ein Brett durchzusägen. Er reagierte nicht, als sie sich verabschiedete. Sie blieb einen Moment stehen und grüßte dann noch einmal, schweigend, indem sie ihm mit dem Notizblock zuwinkte.

Er war launenhaft wie das Wetter. Als sie ein paar Tage später an einem Kieselstrand auf der Nordwestseite der Insel saß und die ruhige See betrachtete, flog ein Steinchen dicht an ihr vorbei. Es landete nicht weit vom Ufer, hüpfte noch sechs, sieben Mal in langen Schleifen über das Wasser, ehe es zum Stillstand kam und sank. Sie blickte sich um und sah ihn, etwa zehn Meter entfernt. Er beugte sich gerade vor, um einen neuen Stein aufzuheben, der gleich darauf kurz vor ihren Füßen das Wasser traf. Es erstaunte sie, dass jemand mit so blassen Armen so gut zielen konnte, und dass er sie einfach so anlachte, erstaunte sie noch mehr. Ein breites Lächeln, das nicht aus seinem Gesicht wich, als sie aufstand und auf ihn zuging. Er sah sie an, ohne auch nur ein Mal zu zwinkern, als wolle er keine Sekunde von ihr verpassen.

Sie schaute schnell weg, an ihm vorbei, auf den Boden und bemerkte, dass er alte braune Schuhe trug, ohne Schnürsenkel. Ohne Schnürsenkel wirkte er viel sorgloser.

»He, Seamus, wo ist dein Hund?« rief sie.

Es war, als ob ihm die Frage nicht ins Bewusstsein dränge. Er zog die Augenbrauen hoch und drehte sich um. Ohne etwas zu sagen, ging er weg, sie hörte noch eine Zeitlang das schleifende Geräusch seiner Schritte in den lockeren Kieseln. Sie blickte vor sich hin zu dem breiten roten Streifen, der über dem grauen Horizont hing. »Gottes Lächeln« nannte ihr Vater so einen Streifen immer, aber sie fühlte sich an Seamus erinnert – wie er sie angrinste, bevor er sich plötzlich abwandte.

Am nächsten Vormittag lief sie nach der Arbeit sofort zu seinem Laden. Während sie ein Buch aus dem Regal nahm, sagte sie beiläufig, dass er wunderbar Steine hüpfen lassen könne, ob er ihr das auch mal beibringen würde. Er schien etwas erwidern zu wollen, besann sich dann aber anders. Sie hätte gern gefragt, wovor er geflohen war, doch irgendetwas hielt sie zurück: Vielleicht schämte er sich für den vorangegangenen Abend.

»Wo hast du das her?«, erkundigte er sich und deutete mit dem Kopf auf die rote Stelle an der Innenseite ihres Handgelenks.

»Heute Morgen in der Küche passiert. Was dachtest du denn?«

»Dass dich jemand ziemlich derb gepackt hat?« Er sah sie fragend an. Die Teller mit den Eiern waren glühend heiß. Sie musste sie mit einem Tuch anfassen, aber wenn sie nicht aufpasste, verrutschten sie und versengten ihre Haut. Sie verstand nicht, warum ihre Antwort ihn erleichterte.

Er ergriff ihre Hand und drehte die Stelle zum Licht.

»Du musst draufspucken.«

»Nur zu.«

Er hatte ihre Hand schon wieder losgelassen, aber sie hielt sie ihm vors Gesicht, dicht an seine Lippen. Sie spürte seinen Atem über ihre Haut streichen. »Spuck doch.«

»Es funktioniert nur mit der eigenen Spucke.«

»Deine Spucke, meine Spucke … spielt das denn eine Rolle?«

»Meine Spucke ist irisch, deine Haut nicht. Dann funktioniert es nicht. Du solltest Ino heißen, Phil, wegen deiner Arme und deiner Fesseln.«

»Ich kenne keine Ino.«

»Sie lebte unter Wasser. Als sie sah, dass Odysseus beinahe ertrank, gab sie ihm einen Schleier, den er sich um die Taille winden sollte. Danach tauchte sie wieder in die Wellen. Wie eine Möwe.«

»Was für eine Möwe? Eine Mantelmöwe?«

»Sie war keine Möwe. Sie wurde nur damit verglichen. Eine Metapher – du weißt doch, was das ist?«

Sie nickte, aber er bemerkte es nicht, weil ihn Stimmen von draußen ablenkten. Drei Mädchen kamen angelaufen, in ihrem Alter. Eins schob eine Karre, in der ein kleines Kind saß. Sie betraten den Laden, und Seamus stellte sie vor. Es entging ihr nicht, dass die Mädchen sie von Kopf bis Fuß musterten, von ihrem Pullover, den sie verkehrt herum trug mit dem V auf dem Rücken, über ihre rote Dreiviertelhose bis zu ihren weißen Turnschuhen – sie selbst hatten damenhafte Schuhe mit abgetretenen halbhohen Absätzen an. »Sind deine Zähne echt?«, fragte eine von ihnen und lächelte Seamus schief an. »Sie sind so gerade, wie aus Plastik.«

»Natürlich sind sie echt.«

Seamus hörte es nicht, er hatte den Jungen aus dem Wagen gehoben und ging mit ihm an den Büchern entlang. Phil schaute, ob ihm das Kind ähnlich sehe – was wusste sie schon von ihm? –, doch sie konnte keine Ähnlichkeit entdecken. Es ließ sich auch nicht feststellen, welchem der Mädchen er die meiste Aufmerksamkeit schenkte: Alice, Flo oder Ann, der Mutter des Kindes. Sie legten sich mächtig für ihn ins Zeug, aber er wirkte nicht sonderlich beeindruckt. Er behandelte sie alle vier mit derselben Gleichgültigkeit.

»Lieber Gott, mach, dass er sich in mich verliebt«, flüsterte sie und starrte dabei in die Flamme der Kerze, die sie angezündet hatte. »Mach, dass er mich liebt. Mich und keine andere, für immer und ewig.«

Sie war sich sicher, dass es kein Zufall war, dass gerade er ihr am Tag ihrer Ankunft auf der Insel an Land geholfen hatte. Seine Hand war die erste gewesen, die sie berührt hatte, die erste Ergriffenheit hatte er mit seiner Stimme hervorgerufen. Das konnte kein Zufall sein. Jeden Tag zündete sie eine neue Kerze an und wiederholte ihr Bittgebet.

Sie besuchte ihn noch ein paar Mal im Buchladen, spürte aber keine Veränderung. Waren andere dabei, richtete er kaum einmal das Wort an sie. Und wenn sie mit ihm allein war, hatte sie immer das Gefühl zu stören. Meistens las er oder spielte Geige. Erst wenn sie eine Frage zu einem Buch hatte, wenn er ihr etwas beibringen konnte, verschwand diese Schroffheit.

Wahrscheinlich hatte ihre Anwesenheit für ihn etwas Irritierendes, anderen gegenüber verhielt er sich nicht so. Als sie sich eines Tages an der Wegbiegung noch einmal umwandte, um zum Laden zurückzuschauen, sah sie ihn gerade herauskommen. Es regnete, er hatte seine Öljacke angezogen und eilte zum Pier, wo die rote Fähre anlegte, um die Trossen aufzufangen. Genau wie am Tag ihrer Ankunft half er den Passagieren von Bord. Ein anderes Mal beobachtete sie von ihrem Zimmer aus, wie er aus dem Haus von Malcolm, einem Bauern, der hinter der Pension wohnte, trat und die Straße überquerte, um ein Schaf zu befreien, das sich in einem Zaun verfangen hatte. Vielleicht wurde man, wenn man nur lange genug hier lebte, automatisch wie die Insel, bekam eine schroffe Seite mit mattschwarzen Stellen und eine Seite mit runden Buchten und weißem Sand.

Es sollte noch Tage dauern, bevor sie herausfand, wie es kam, dass Seamus mit schwarzen Schuhen an den Füßen so anders war als mit braunen, ohne Schnürsenkel. Es geschah am Hafen, wo sie etwas für ihre Mutter abholen musste. Sie traf gerade mit dem Moped am Pier ein, als sie ihn die Laufplanke der roten Fähre hinaufgehen sah. Er hatte kein Gepäck dabei, wahrscheinlich würde er nur für einen Tag fahren und mit der Abendfähre auf die Insel zurückkehren, rechtzeitig genug, um im Pub zu singen.

Sie lehnte ihr Moped an einen Laternenpfahl und mischte sich unter die Leute, die jemanden wegbrachten oder dort einfach nur so herumstanden. Um ihr Gesicht zu wahren, stellte sie sich in die Nähe von Bridget, die mit einem Päckchen in der Hand auf jemanden wartete. Sie folgte Seamus mit den Augen, bis er sich umdrehte und sie zwischen den Menschen entdeckte.

Sie erschrak über den Ausdruck in seinem Gesicht. Nicht weil wieder ein Schatten darauf lag, sondern weil er glückselig lächelte, schon bevor er sie gesehen hatte. Vielleicht wurde dieser rätselhafte Blick ja nicht durch sie verursacht, schoss es ihr durch den Kopf, sondern durch eine Stimmung, oder er war betrunken. Fast gleichzeitig hoben sie die Hand. Seamus trug dieselben Schuhe wie am Steinstrand, aber eine neue Jeans und dazu ein Tweedsakko, dessen Saum eine Handbreit unter seiner Windjacke hervorlugte. Diese zu kurze Jacke gab ihm etwas Kindliches, Unbeholfenes, und sie war versucht, ihm nachzugehen, sich seiner anzunehmen.

»Seamus!« Bridget stand am Fuß der Laufplanke, als sie ihn rief. Sie hielt das Päckchen in die Luft, winkte damit, jedoch nicht dem Jungen, der sich unmittelbar hinter ihr befand, an die Reling der roten Fähre gelehnt. Sie schaute in die andere Richtung, an Phil vorbei, zur Straße. »Seamus!«

Es gab bestimmt drei Frauen auf der Insel, die Fiona hießen, und mindestens zwei Alices, und nun stellte sich heraus, dass es noch einen Seamus gab. Phil drehte sich um und spähte den Pier hinunter, neugierig, wer der andere Seamus sei.

Und erblickte ihn.

Drei Männer nahten, die sie nur vom Sehen kannte, aber sie zweifelte keinen Moment. Ihre Knie wurden weich, als stünde sie zum Vorspielen auf einem Podium. Ihre Arme wurden bleischwer, sie verlor die Beherrschung über ihre Muskeln, weil sie zugleich auf der Tribüne saß und sich selbst zuschaute, wie sie da stand mit zitternden Knien und Armen, die der Musik nicht mehr folgten.

Am Ende des Piers kam Seamus heran. Phil brauchte sich nicht nach dem Jungen mit dem himmlischen Blick umzuwenden, um sich zu vergewissern, dass er noch an der Reling lehnte, dem Jungen, der dem Mann, welcher mit einer leeren Reisetasche unter dem Arm auf das Schiff zulief, täuschend ähnlich sah. Es war nicht ein Mann, der sich von verschiedenen Seiten zeigte, es waren zwei.

Seamus stellte seine Tasche zum Gepäck der anderen Passagiere und ging zu seinem Bruder. Er beugte sich über ihn, schlug den Saum des Tweedsakkos nach innen unter den Rand der Windjacke. Der Bruder mit dem glückseligen Lächeln ließ es geduldig geschehen. Er merkte, dass sie ihn anstarrte, schob aber die Hand seines Bruders nicht weg. Ohne jede Spur von Verlegenheit ließ er ihn gewähren.

Bridget folgte ihrem Blick und machte eine höhnische Bemerkung, die Phil nicht verstand: Die Zwillinge würden diesen Ausflug jeden letzten Samstag im Monat machen. Jeden letzten Samstag im Monat nähmen Seamus und Michael das erste Schiff aufs Festland und dann den Bus nach Galway und kehrten mit der Abendfähre wieder zurück. Seamus sage, dass er in die Stadt müsse, um nach alten Büchern zu schauen, aber das glaube niemand.

»Was treiben sie dann dort?«, fragte Phil, ohne auf die Antwort zu hören.

Als die Trossen losgeworfen wurden und das Schiff aus dem Hafen manövrierte, standen die Brüder nebeneinander an der Reling. Seamus rauchte eine Zigarette, Michael lehnte sich weit über das Geländer und starrte mit offenem Mund in das strudelnde Wasser. Sie fragte sich, ob er dasselbe sah wie sie: Das unruhige Wasser war wie eine riesige Qualle, die um ihr Leben kämpfte. Was dachte er gerade? Hatte ihm jemand gesagt, dass es solche großen Quallen nicht gab? Hatte sein Bruder ihm erklärt, dass Dinge einander manchmal sehr glichen, dass Wellen wie Tiere aussahen, Wolken wie Drachen, und doch nicht dasselbe waren?

Sie schaute von dem einen zum anderen und fing an, die Stränge, die sie in ihrem Kopf zu einem Seil gedreht hatte, zu trennen. Von wem das Steinchen stammte, das dicht an ihr vorbeigeflogen war, von wem die Ballade, von wem der Blick, von wem die Hand. Und der Hund? Der Hund, der mal im Buchladen auftauchte, mal am Hafen oder auf den Feldern, der Hund mit dem Punkt zwischen den Augen gehörte wahrscheinlich ihnen beiden. Jetzt, da sie wusste, dass es zwei Brüder gab, sah sie nur noch Unterschiede. Kleine, aber unverkennbare Unterschiede. Je länger sie schaute, desto heftiger sehnte sie sich nach der Zeit zurück, als sie noch nichts gewusst hatte.

Das Schiff fuhr davon, und Michael begann, ihr zu winken. Sie hob die Hand und winkte zurück, blickte dabei aber nicht ihn an, sondern Seamus, der sie nicht bemerkte oder zumindest so tat. Sie blieb am Pier stehen, bis sie die Passagiere an der Reling nicht mehr voneinander zu unterscheiden vermochte, jeder Umriss ebenso gut der eines anderen sein konnte. Sie stand immer noch da, als das Schiff selbst auch ein Pünktchen an einer sehr breiten Reling geworden war, so klein, dass es kein Vorn oder Hinten mehr hatte, kein Oben oder Unten, keine Farbe. Aus dieser Entfernung war nicht zu erkennen, ob die rote Fähre wegfuhr oder die blaue.

Hier könnte diese Geschichte enden. Ich glaube, die Frau vom Buchladen, die Frau, die ich Phil nenne, weil ich ihr damals versprochen habe, ihren Namen nie zu enthüllen, hätte es lieber dabei belassen. Als sie mir von ihrer Entdeckung vor mehr als fünfundzwanzig Jahren erzählt hatte, stand sie auf, begann mit ihren Schlüsseln zu rasseln und sagte, die Hand schon auf der Türklinke: »Deine Eltern werden sich fragen, wo du bleibst.«

Hier hätte diese Geschichte geendet – ich hätte nie erfahren, was weiter geschehen war, nichts von den tückischen Strömungen, die sie noch mitreißen sollten. Ich hätte es nie zu hören bekommen, wenn ich nicht am nächsten Tag zurückgekehrt wäre.

Es war gerade eine Fähre eingetroffen, und der Laden war voller Menschen, die eine Inselkarte kauften oder nur wissen wollten, wo man sich ein Fahrrad ausleihen konnte. Es schien Stunden zu dauern, bis Phil alle bedient hatte, und als wir endlich allein waren, war sie es, die die Fragen stellte. Sie erkundigte sich, ob Ian sich inzwischen gemeldet habe, ob er mir eine postlagernde Adresse hinterlassen habe. Hatte er schon angerufen, und was vermisste ich eigentlich genau, wenn ich sagte, dass ich ihn vermisse – seine Stimme, seinen Geruch, seine Geschichten, wie er mich ansah? Ich kannte diesen Ton. Ich schloss nicht aus, dass ihr Gebet doch noch erhört worden war, dass sie den Lehrer geheiratet hatte, denn sie klang genau wie er, gestern, als sie nachmachte, wie er sie ausgefragt hatte. Obwohl sie es nicht aussprach, spürte ich, dass sie versuchte herauszufinden, ob ich ein Verhältnis zu Ian gehabt hatte, ob er meine erste Liebe sei. Ich antwortete frei heraus, weil ich erkannte, dass sie nicht einfach nur neugierig war: Sie hatte Bedenken, ob ich nicht zu jung sei, um die Fortsetzung ihrer Geschichte zu verstehen.

Als sie mit siebzehn auf die Insel kam, war sie noch nicht einmal geküsst worden. Sie brannte vor Neugier, wie es sich anfühlte, ein Kuss und all die anderen Dinge, die Susie Dwyer schon bestimmt seit einem Jahr mit Jungen anstellte. Bei einem ihrer ersten Spaziergänge über die Insel hatte sie eine Frau gesehen, noch keine dreißig, aber schon grau, die auf dem unteren Flügel ihrer Tür lehnte, und sie stand unverändert da, als Phil von ihrem Spaziergang zurückkehrte. Diese Frau mit dem hölzernen Unterleib war ihr Schreckbild geworden, so würde es ihr auch ergehen, wenn sie nicht rechtzeitig wegkäme.

»Was ist aus Seamus geworden?«, fragte ich, zögernd, weil ich vermutete, dass er gestorben sei und ihr den Laden hinterlassen habe, samt seinem Bruder zum Versorgen. Seamus musste tot oder fortgegangen sein, weit weg jedenfalls, denn über jemanden, der jeden Moment den Laden betreten konnte, hätte sie mir nicht so viel erzählt. Sie schaute mich befremdet an und schwieg. Ich wiederholte meine Frage: »Sein Bruder läuft hier immer noch herum, aber was ist aus dem Lehrer geworden? Singt er noch manchmal im Pub? Unterrichtet er noch?«

ZWEI

Seamus nahm seinen Bruder nie mit, wenn er samstagabends in den Pub ging, um zu musizieren. Jedenfalls nicht in der Sommersaison, wenn Touristen auf der Insel waren. Die Einheimischen kannten Michael und wussten, woran sie mit ihm waren. Drei Jahre zuvor, als er mit seinem Bruder auf die Insel gekommen war, hatten sie ihm durchaus gemischte Gefühle entgegengebracht, doch jetzt wunderten sie sich nicht mehr darüber, dass er kaum sprach und immer mit diesem abwesenden Lächeln herumlief, in Schuhen ohne Schnürsenkel.

Seamus setzte seinen Bruder lieber nicht neugierigen Blicken aus und verbot ihm, im Sommer in den Pub zu kommen. Vielleicht auch gut so, sagte Bridget, als Phil danach fragte. Er trank nicht, aber er war stark, in den Armen vor allem, vom Entladen der Schiffe und dem Heumachen auf dem Land. Es war nie etwas passiert, zumindest nicht hier auf der Insel, trotzdem hielten die Mädchen sich von ihm fern, denn man wusste ja nie bei so einem Jungen.

Etwa zehn Tage nach ihrer Entdeckung am Hafen wurde Phil zu einem Fest eingeladen, das Bridget aus Anlass ihrer Verlobung mit einem Elektriker aus Letterfrack gab. Wenn das Wetter schlecht wäre, würde die Feier in dem Saal hinter der Kirche abgehalten werden, bei schönem Wetter durften sie das Betonfundament des im Neubau befindlichen Postamts als Tanzfläche nutzen. Das Fest sollte gegen halb zehn beginnen, aber Phil war schon stundenlang vorher damit beschäftigt, sich anzukleiden. Sie wollte etwas tragen, das ihre Arme frei ließ. Die einzige nette Bemerkung, die Seamus je gemacht hatte, galt ihren Armen, ihren Armen und ihren Fesseln. Als sie endlich glaubte, etwas gefunden zu haben, steckte ihre Mutter den Kopf zur Tür herein und sagte: »So viel Arm, das geht hier nicht.« Gerade als sie beschlossen hatte, dann eben zu Hause zu bleiben, entdeckte sie im obersten Fach ihres Schrankes, hinter einer Plastiktüte mit Schwimmflossen, das schwarze gehäkelte Umschlagtuch.

Zu ihren Sommerkleidern wirkte das Tuch ältlich, als ob sie in Trauer wäre, aber zu ihrem roten ärmellosen T-Shirt und dem kurzen Rock mit den schwarzen und weißen Streifen wirkte es fast spanisch, fand sie, als sie sich im Spiegel betrachtete. So sah sie ein bisschen aus wie Rita aus der *West Side Story*. Sie ließ das Tuch von der einen Schulter gleiten und von der anderen, drehte sich um ihre eigene Achse, immer schneller, so dass die Farben des Rockes ineinanderliefen, man nicht mehr unterscheiden konnte, wo der weiße Streifen begann und wo der schwarze. Sie drehte und drehte sich, bis ihr schwindlig wurde, und ließ sich dann der Länge nach auf ihr Bett fallen. In der Ferne hörte sie das Tuten der letzten Fähre – es war also noch windstill, sonst reichte dieser Ton nicht so weit. Sie rollte sich auf die Seite, wandte das Gesicht der Abendsonne zu, die durch die halb offen stehenden Läden hereinfiel, und lauschte dem heiseren Gackern der Hühner unter ihrem Fenster. Sie roch sie sogar – so warm war es schon den ganzen Tag – ihre Federn, den Kot auf der staubigen Fläche.

Es war ein Abend, um nackt zu schlafen, nur mit einem Laken bedeckt, einem Laken oder einem nackten Körper. Nach dem Abschlussball war Susie mit einem Jungen in ein Motel gefahren, hatte sich ein Zimmer genommen und war mit ihm ins Bett gegangen. Sie hatte alles darüber erzählt, bis ins Detail, auch dass der Junge hinterher *auf* ihr eingeschlafen war. »War das denn nicht schwer?« Doch Susie sagte, dass nach dem Sex nichts mehr schwer sei und dass sie noch nie so gut geschlafen habe.

Ihr Vater brachte sie mit dem Lieferwagen zum Fest. Er sprach über ihre erste Fahrt auf derselben

Strecke, drei Wochen zuvor. »Ich wusste, dass du die Insel mit der Zeit lieben würdest«, sagte er, »aber dass du dich so schnell zu Hause fühlen würdest, hätte ich nicht zu hoffen gewagt.«

»Wer sagt, dass ich mich hier zu Hause fühle?«

»Du sprichst nie mehr vom Weggehen.«

Sie zuckte mit den Schultern. Er hatte recht, nur musste er ihr nicht sagen, was sie fühlte, wollte und nicht mehr wollte – das erweckte in ihr bloß die Neigung, genau das Gegenteil zu wollen. Als sie ausstieg, bot er ihr an, sie gegen zwölf wieder abzuholen, doch sie sagte, dass sie nach Hause laufen würde. Was konnte ihr hier schon passieren? Sie küsste ihn schnell auf die Wange und winkte ungeduldig. Sie hoffte, dass er nicht aufbleiben würde. Neben ihrer Kammer gab es eine Tür nach draußen, sie brauchte nicht am Schlafzimmer ihrer Eltern vorbei, um in ihr eigenes zu gelangen. Wenn sie leise machte, würden sie nicht merken, wann sie nach Hause kam und mit wem.

Auf dem Pfad hinter der Kirche vernahm sie schon die Musik. Sie blieb stehen, lauschte, konnte indes aus den Klängen keine Geige heraushören. Über die Tanzfläche waren Schnüre mit roten, gelben und grünen Lämpchen gespannt, und am Rand stand ein langer Tisch auf Holzböcken mit Bierkästen und Limonadenkannen. Die Musik kam aus zwei kleinen Boxen an beiden Enden des Tisches. Es wurde noch nicht getanzt, die Gäste standen in Sonntagsanzügen und Sommerkleidern in Grüppchen zusammen und tranken Bier. Phil begrüßte Bridget und ihren Verlobten aus Letterfrack und ein paar Mädchen, die sie kennengelernt hatte, und warf unterdessen einen Blick in den Saal, wo junge Männer dabei waren, Stühle zu stapeln, aber Seamus war nicht dabei. Sie wollte auf die Uhr sehen, da fiel ihr ein, dass sie sie gar nicht umgebunden hatte, weil sie sich heute Morgen wieder verbrannt hatte, genau an der Stelle, wo sich das Armband meistens befand.

Eine Hand legte sich auf ihre Hüfte, eine große Hand, und schob sie resolut zur Seite. Auf einem niedrigen Hocker saß Michael, versteckt hinter einem Plattenspieler und einem Stapel Platten, der Hund lag zu seinen Füßen. Er war zu beschäftigt, um sie zu begrüßen, aus zwei Richtungen gleichzeitig wurden Wunschtitel gerufen. Michael setzte die Nadel vorsichtig auf die Scheibe, die er gerade aus der Hülle geholt hatte, und als die Musik begann, schaute er stolz hoch und sang ein paar Worte mit. Phil wurde bewusst, dass sie ihn noch nie etwas hatte sagen hören, nicht einmal zu seinem Hund.

»Soll ich dir was zu trinken holen?«, fragte sie. »Ein Bier?«

»Bier ist nicht erlaubt.«

Er hatte eine merkwürdige Stimme, hoch und heiser wie der Hahn unter ihrem Fenster, der nachts zu den unmöglichsten Zeiten die Stille zerkrähte.

»Von wem nicht?«

Er nickte über ihre Schulter hinweg zu jemandem, der hinter ihr stehen musste. »Ist nicht erlaubt.« Er schüttelte heftig den Kopf. Seamus überquerte mit seinem Geigenkasten unter dem Arm die Tanzfläche. Auch er hatte einen Anzug an, nur trug er dazu kein weißes, sondern ein schwarzes Hemd und einen schmalen Lederschlips.

Phil holte ein Glas Limonade für Michael und blieb an seinem Tisch. Sie fragte ihn, wie sein Hund heiße, der Hund hieß Paddy, danach wusste sie nicht mehr, was sie sagen sollte, also tat sie, als ob sie sich die Plattencover anschaute, die Texte läse. Immer wieder schweifte ihr Blick ab zu seinem blonden Haar. Sie hatte Lust, mit ihrer Nase darüber zu streichen. Sein Haar hatte dieselbe Farbe wie das seines Bruders, es roch bestimmt nicht anders als das seines Bruders, wenn sie Michael einatmete, wusste sie, wie Seamus roch. Nach Meer oder Heu oder nach beidem, nach Sägespänen und Farbe und im Winter vielleicht nach Kreide, Tinte und Karten von fernen Ländern. Sie betrachtete Michaels Hände, die braun aus zu kurzen, etwas verschlissenen Manschetten ragten.

»Der Anzug, den du anhast, ist der mal von Seamus gewesen?«

»Von Seamus, ja.«

An den Ärmeln hafteten dunkelblonde Haare, von dem Collie wahrscheinlich, und trotzdem konnte sie es sich nicht verkneifen zu fragen, ob Seamus eine Freundin habe, eine feste Freundin, eine Verlobte, in Galway – dort fuhren sie doch einmal im Monat hin? Es waren zu viele Fragen auf einmal, und es dauerte einen Moment, ehe Michael antwortete: »Es gibt Mädchen in Galway, aber mit denen sind wir nicht verlobt.«

Hinter ihr wurde gepfiffen, applaudiert, Bridget zog ihren Freund auf die Tanzfläche, und andere Paare folgten. Seamus stand ihr nun schräg gegenüber, einen Fuß auf einem Hocker, eine Flasche Bier an den Lippen, halb von der Tanzfläche abgewandt, genau wie bei seinem Auftritt im Pub. Sie versuchte seine Aufmerksamkeit zu erregen, und als er in ihre Richtung schaute, ließ sie das Umschlagtuch schnell von ihren Schultern gleiten. Erst von der linken, wie zufällig wirkte es, weil sie sich eine Locke aus der Stirn schob, dann von der rechten – endlos hatte sie diese Geste vor dem Spiegel geübt. Da er den Blick nicht senkte, hob sie den

Arm, drehte die Innenseite ihres Handgelenks nach außen und pustete auf die verbrannte Stelle. Wer von der Brandwunde nichts wusste, würde denken, dass sie einen langen Kuss in seine Richtung blies. Noch immer wandte er den Blick nicht ab, er lächelte sogar, und als weitere Paare auf die Tanzfläche strömten, legte Phil das Tuch hinter sich ab und forderte ihn auf.

»Ich tanze nicht.«

Er hatte es nicht einmal unfreundlich gesagt. Das war auch nicht nötig, seine Antwort traf sie auch so schwer genug. Er leugnete alles, was zwischen ihnen vorgefallen war. Als ob sie sich nur eingebildet hätte, dass er seinen Blick nicht von ihr lösen konnte, als sie das Tuch von ihren Schultern gleiten ließ, und jener Abend am Strand – nein, das war nicht er gewesen, das war Michael ohne Schnürsenkel. Sie starrte auf den Boden, auf die spitzen schwarzen Schuhe, die er geputzt und gewienert hatte, bis sie glänzten. Für wen? Sie würde nie mehr eine Kerze für ihn anzünden. Morgen würde sie in die Kirche gehen und die Kerzenreste der letzten Tage, diese Sehnsuchtsstummel, aus den Haltern pulen. Sie würde sie ihm einen nach dem anderen hineinwürgen, so dass seine Stimmbänder verklebten und er nie mehr würde singen können.

Michael saß mit geschlossenen Augen da, den

Kopf schräg im Nacken, und wiegte sich, leicht dem Takt hinterher, zu den Klängen der Musik. »Wollen wir tanzen?«, fragte sie.

»Hab ich noch nie gemacht.«

»Das schad' nichts. Mach es mir einfach nach.«

Er nahm sie wörtlich und probierte, jede Bewegung nachzuahmen. Er bewegte seine Arme mit demselben Ernst, mit dem er die Nadel auf die Platten gesetzt hatte, mit offenem Mund, in völliger Hingabe. Während er sie unverwandt anstarrte, versuchte sie, zwischen den tanzenden Leibern hindurch, Seamus aus den Augenwinkeln zu beobachten. Ob er auch zu ihr schaute, sah, wie sie ihr imaginäres Umschlagtuch von den Schultern gleiten, über die Erde schleifen ließ. Wie sie sich drehte, um ihre Achse, gerade noch ohne sich in dem Tuch zu verheddern. Wie sie es danach vom Boden aufhob und es mit einer Gebärde, als ob sie mit einer Peitsche knallte, hochwarf, hinter dem Kopf in die andere Hand übergab und dann am Ende eines Taktes fallen ließ – während sie selbst mit erhobenen Armen stehen blieb. Wenn er nun auf Knien gekrochen käme und sagen würde, dass es ihm leid tue, sehr, sehr leid, würde sie ihm vielleicht verzeihen.

Michael nahm die Arme herunter und sah sie abwartend an, sie blickte um sich, aber Seamus stand nicht mehr am Rand der Tanzfläche. Sie rubbelte sich die Arme warm. Ein Windstoß bewegte die Schnüre, wodurch die Lämpchen aneinanderstießen. Aus dem Saal hinter der Kirche erklang das Geräusch von Instrumenten, die gestimmt wurden; zwei Burschen trugen die Getränke hinein. Plötzlich erloschen die bunten Lämpchen, und bis auf einen langen Lichtstreifen, der aus dem Saal über die Tanzfläche strich, war es nun dunkel. Während das Fest drinnen fortgesetzt wurde und die Musiker ihren ersten Titel spielten, tönte aus den Boxen ganz andere Musik. Eine schleppende Melodie, die die Männer und Frauen, die auf der Tanzfläche zurückgeblieben waren, aufeinander zutrieb. Ihre Augen gewöhnten sich langsam an die Dunkelheit. Es war auch nicht ganz dunkel, der fast volle Mond spendete ein schwaches weißes Licht; gerade genug, um zu erkennen, wer einem gegenüberstand. Michael hatte die Knöpfe seines Hemds geöffnet und rieb sich mit der Hand über den Brustkorb. »Warm«, sagte er.

»Mir ist kalt, leg deine Arme um mich.«

»Wo herum?«

Sie legte seine Arme an beide Seiten ihres Oberkörpers, seine Hände auf ihre Hüften. Sie schloss die Augen und versuchte durch die Musik aus den Boxen hindurch die Töne der Geige zu hören. Die

Hände, die das Instrument hielten, waren dieselben, die auf ihren Hüften ruhten. »Drück mich mal ein bisschen mehr an dich«, sagte sie.

»So?«

»Ja, so. Nicht loslassen.«

»Wenn Malcolm die Schafe schert, muss ich sie auch festhalten. Kräftig festhalten. So gut?«

Sie nickte und führte einen Finger an ihre Lippen: »Nichts mehr sagen.«

Sie bewegten sich kaum, hoben fast nicht die Füße, wie auf einem schwankenden Schiff. Phil verlagerte ihr Gewicht von einem Bein auf das andere, und ihre Hände, die sie unter seine Schulterblätter gelegt hatte, zwangen ihn, dasselbe zu tun. Anfangs bewegte er sich noch nicht im Takt, langsamer als sie, gegen ihren Rhythmus, aber sein Körper wurde immer folgsamer, gehorsamer. Sie konnte ihn alles tun lassen, alles, was und wann sie nur wollte. Sie brauchte es bloß vorzumachen, und er machte es nach. Während sie sich hin und her wiegten, wurde sie immer träger, zufriedener, als ob sie in einer Hängematte lägen, und sie fühlte, wie allmählich jedes Verlangen verebbte.

Sie versuchte es abermals, abermals zu tun, als ob er Seamus wäre. Sie fing an, die Melodie der Platte mitzusummen, so laut, dass sie die Geige nicht mehr hörte. Seamus war nicht im Saal, sondern hier ganz in ihrer Nähe. Sie spürte seine warmen Handflächen durch den dünnen Stoff ihres Rockes hindurch, seinen verschwitzten Rücken, die Wirbel, die Muskeln. Er konnte sich jeden Moment zu ihr herunterbeugen, seine Hand auf ihren Arm legen und mit einem Finger durch die Ärmelöffnung ihres T-Shirts über die Haut ihrer Brüste kriechen, zu ihrer Brustwarze. Er konnte es noch wochenlang hinauszögern oder jetzt, heute Abend schon, mitten in einem Tanz ihre Hand ergreifen und sie mit sich ziehen, an dem Saal vorbei, ohne jemanden zu grüßen. Sie würden die Straße am Meer entlanggehen, an dem weißen Turm bei den steilen Felsen vorbei, wo der Weg schmal wurde und man gut aufpassen musste, dort war schon oft ein Schaf in die Tiefe gestürzt. Sie öffnete die Augen und betrachtete aufmerksam sein Gesicht.

»Er ist stark«, hatte Bridget gesagt, »vom Helfen am Kai und vom Heumachen auf dem Land.« Er konnte mit Leichtigkeit ein Schaf hochheben. Mit geschlossenen Augen sah er noch jünger aus, ein schlafendes Kind, das von einem Geburtstag träumte, von einem Zimmer voller Girlanden. Er hatte noch nie ein Mädchen von der Insel belästigt, und trotzdem hielten sie sich von ihm fern – nicht ohne Grund. Impulsiv drückte sie sich an ihn und küsste ihn, wo ihre Lippen ihn zuerst berührten, am Hals, in der kleinen Rinne über seinem Schlüsselbein. Sie strich mit der Zunge über seine Haut, als wäre es eine Schale mit einem Rest von Süßem. Aber ebenso plötzlich ließ sie ihn wieder los – erschrocken –, weil sie nicht wusste, wer diese Erregung hervorrief, Seamus oder Michael.

Sie zog sich das Laken bis zum Kinn und lauschte, ob sie jemanden kommen hörte. Das kalte Wasser, mit dem sie ihre Beine und Schenkel abgespült hatte, war fast getrocknet. Morgen würde sie duschen, ihre Unterhose auswaschen und sein Taschentuch.

Nach dem Kuss war sie in den Saal geflohen. Niemand schien sie vermisst zu haben, hatte auch nur die geringste Ahnung, was sich draußen im Dunkeln auf der Tanzfläche abgespielt hatte. Als Michael kurz darauf eintrat, warf niemand einen heimlichen Blick von ihm zu ihr oder umgekehrt. Sie tanzte ein paar Mal mit Brian, einem mageren Jungen, der auf der Insel die Post austrug. Er war betrunken und versuchte andauernd ihre Hand zu ergreifen und sie roh im Kreis herumzuschleudern. Trotzdem lief sie nicht weg, sie hielt ihn auf Distanz und tanzte, nicht um Seamus' Aufmerksamkeit auf sich zu ziehen, sondern um die Aufmerksamkeit von Michael und sich abzulenken. Um sich selbst von dem abzulenken, was in der Dunkelheit passiert war.

Aber wie sehr sie sich auch mühte, sich auf die Musik zu konzentrieren, immer wieder schaute sie zu Michael, der sie nicht wahrnahm, weil er sich ständig die Augen rieb, bis er schließlich mit dem Kopf auf den Armen zwischen den leeren Gläsern einschlief. Schon bald schlief er so fest, dass er nicht einmal merkte, dass Brian sich über ihn beugte und die letzten Tropfen Bier aus seiner Flasche über ihm ausgoss. Er erwachte erst durch den Streit, der ausbrach, als Seamus Brian packte und wütend durchschüttelte. In dem Tumult, der daraufhin entstand, lief Michael aus dem Saal.

Sie spähte den Weg entlang, der zu seinem Haus führte, entdeckte ihn jedoch nirgends. Es war nicht nur kühler geworden, sondern auch dunkler. Vielleicht hatte er eine Abkürzung genommen, über die Mauern und quer über die Felder. Sie ging den Pfad zum Hafen hinunter, spitzte die Ohren, ob sie Schritte höre, das leise Ticken der Pfoten seines Hundes.

Schon von weitem sah sie ihn sitzen, auf der Kaimauer, unter einem Laternenpfahl, der sich oben in zwei Natriumdampflampen gabelte. Er erwartete sie, er war nicht so einfältig, wie es schien, er hatte die ganze Zeit gewusst, dass sie ihm nach draußen folgen würde. In dem orangefarbenen Licht wirkte sein Haar kupfern, ganz anders als das Haar seines Bruders. Michael drehte sich um, grüßte sie und fuhr fort, seinen Hund mit einem Stück Torte zu füttern, das er vom Fest mitgenommen hatte. Sie rieb sich die nackten Schultern und fragte Michael, ob er ihr Tuch vielleicht irgendwo gesehen habe. Sie habe es, glaube sie, bei seinen Platten abgelegt. Er zog sein Jackett aus, gab es ihr und rief im selben Moment: »Die Platten.« Seamus hatte noch gesagt, dass er die Platten nicht vergessen solle. Ehe sie ihn aufhalten konnte, rannte er schon weg, zurück zur Tanzfläche.

Sie steckte die Hände tief in die Taschen seines Jacketts, das einst Seamus getragen hatte, aber irgendwie tat das jetzt nichts mehr zur Sache. Sie zog die Jacke fest um sich, lehnte sich an die Kaimauer, wo sie so oft gesessen hatte, als sie nur noch ans Weggehen hatte denken können, und starrte in die orangefarbenen Lichtbahnen, die in V-Form auf dem dunklen Wasser lagen. In der Ferne tönte Musik aus dem Saal, eine Geige, der Streit war offenbar beigelegt worden. Seamus übertrieb, das fanden alle, so schlimm war es nicht, was Brian gemacht hatte. Aber es sprach doch für ihn, dass er seinen Bruder so leidenschaftlich beschützte. Es war das einzig Nette an ihm, das ihr noch einfiel.

Sie schaute sich um, hörte Michael kommen, bevor sie ihn erblickte. Er rannte den Weg herunter, es sah aus, als ob er ein großes flatterndes Cape anhätte oder eine riesige Fledermaus auf sie zuflöge. Schweigend gingen sie die Badstraße in Richtung Pension entlang. Sie hatte ihn nicht gefragt, ob er sie nach Hause bringen wolle, er hatte es nicht angeboten. Obwohl er auf der anderen Seite der Insel wohnte, war er, ohne zu zögern, mit ihr mitgelaufen.

Hin und wieder berührten ihre Hände einander, ihr Ellenbogen in seinem Jackett seinen Arm in ihrem Umschlagtuch. Sie tat es nicht absichtlich, sie wollte nichts provozieren. Doch bei jedem Schritt war sie sich des Raumes zwischen ihnen bewusst und ob seine Hand das Tuch zusammenhielt oder an seinem Körper herunterhing. Er konnte jeden Moment stehen bleiben, das Tuch um ihre Schultern legen und sie langsam, wie einen Fisch im Netz, an sich heranziehen.

Sie verstand nicht, warum sie daran dachte, sie vermochte sich nicht dagegen zu wehren. Je näher sie dem weißen Turm kam, desto weiter rückte sie unwillkürlich von ihm ab, dann und wann schrammte ihre rechte Hand an der Mauer entlang. Je näher sie dem Punkt kamen, wo die Straße schmal wurde und der ausgefranste Rand nicht allmählich in die Felsen überging, sondern beinahe senkrecht über dem Wasser hing, desto öfter musste sie an das denken, was Bridget über ihn gesagt hatte. Sie sah vor sich, wie er das Tuch von seinen Schultern zog und um ihren Hals wickelte, viel zu straff, und Dinge mit ihr tat, die sie nicht wollte, aber auch nicht verhindern konnte – sie schluckte. Wenn er jemand wäre, vor dem man Angst haben musste, dann hätte sie das gemerkt, an seinem Blick gesehen. Dann wäre sie ihm nicht gefolgt, als er aus dem Festsaal gelaufen war, hätte nicht auf der Kaimauer gewartet, bis er mit seinen Platten zurückgekommen war. Wenn er gefährlich wäre, würde sie hier jetzt nicht neben ihm diese verlassene Straße entlanggehen, wo niemand sie schreien hören konnte.

Kurz vor der Kurve blieb er plötzlich stehen, setzte die Tasche mit den Platten ab und zog das Umschlagtuch von seinen Schultern. Sie erschrak so, dass sie sich nicht mehr von der Stelle zu rühren vermochte. Sein Gesichtsausdruck war unverändert, doch genau das war es auch, was sie so beängstigte. Dieses Lächeln. Sie konnte nicht erraten, was in ihm vorging, was er mit ihr vorhatte. Weg, ich muss wegrennen. Aber es gelang ihr nicht, sie hatte keine Gewalt mehr über ihren Körper. In dem Moment, da er seine Hand mit dem Tuch nach ihr ausstreckte, fühlte sie etwas Warmes ihre Beine hinunterlaufen. Es war, als ob alle Kraft aus ihr wegströmte, über den Rand ihres Slips, ihre Schenkel, Schienbeine, Knöchel. Sie war so entsetzt darüber, dass sie sich einfach so in die Hosen machte, dass sie mit offenem Mund auf das Rinnsal starrte, das zwischen ihren Schuhen hindurch an den Straßenrand sickerte, in Richtung Meer.

Eine halbe Stunde später, in ihrer Kammer, nicht weit vom Zimmer ihrer Eltern entfernt, verstand sie nicht mehr, wo diese lähmende Angst hergekommen war. Gab es doch etwas Heimtückisches, Unvorhersehbares an ihm, das jeden Moment hervorbrechen konnte? Hatte sie dieses Mal nur Glück gehabt? Michael hatte ihr das Tuch zurückgegeben und ein Taschentuch, damit sie sich die Beine abtrocknen konnte, ein paar Schritte weiter seinen Hosenschlitz geöffnet und plätschernd an eine Mauer gepinkelt. Danach wollte er sein Jackett wiederhaben, weil er nach Hause musste, auf dem kürzesten Weg über die Felder.

Sie lauschte auf die Geräusche draußen. Wenn er ihr nun doch gefolgt war und gleich an den Fensterladen klopfen würde, was sollte sie dann tun? Sie vermochte sich nicht zu erklären, wieso sie sich so leicht fühlte, als ob sie nicht auf ihrer Matratze läge, sondern knapp darüber, leichter als ein Laken.

War es Erleichterung, dass sie noch lebte? Dankbarkeit, dass er sie nicht ausgelacht hatte? Etwas anderes konnte es nicht sein, konnte sie nicht empfinden für einen Jungen von vierundzwanzig Jahren, der sich noch immer nicht die Schnürsenkel binden konnte.

Er lehrte sie, Steine über das Wasser hüpfen zu lassen und Krabben zu fangen und wie man, wenn man eine Hand zwischen Sonne und Horizont hielt, feststellen konnte, wann die Sonne untergegangen sein würde, jede Hand stand für eine Stunde, jeder Finger für eine Viertelstunde. Er nahm sie mit zur höchsten Klippe der Insel und kroch neben ihr auf dem Bauch bis zum Rand, um die Seelöwen zu beobachten, die schwindelerregend fern und klein zwischen den Felsen schwammen. Er lehrte sie die Namen der Sterne und der Pflanzen, die in den Mauerspalten wuchsen und in den seichten Tümpeln der abgegrabenen Torffelder. Obwohl er nicht lesen und schreiben konnte, kannte er die Namen aller Blumen und Pflanzen; Seamus hatte sie ihm beigebracht.

Sie war noch einmal im Buchladen, um Seamus zu fragen, wie es kam, dass sein Bruder so war, aber er gab eine ausweichende Antwort. Sie sah, dass er ihr Interesse falsch auslegte, sie aufdringlich fand und allzu neugierig. Danach besuchte sie ihn nie mehr, und sie ging auch nicht mehr in die Kirche, um eine Kerze für ihn anzuzünden. Sie dachte noch oft an den Tanz mit Michael in der Dunkelheit zurück, vergaß aber, wofür sie ihn hatte benutzen wollen.

»Habe ich dich gestern nicht mit Seamus vorbeikommen sehen?«

»Nein, das war sein Zwillingsbruder.« Sie gebrauchte das Wort »Zwillinge« sonst nie. Zwei Menschen, die so verschieden waren, konnte man nicht unter diesem Begriff zusammenfassen.

Solange sie ihn nicht nach Hause begleitete, wenn der Lehrer nicht da war, hatten ihre Eltern nichts dagegen. Aber sie solle der Katze nicht den Speck anbefehlen, er mochte zwar kindhaft sein, doch er sei ein Mann, mit männlichen Trieben. Ihre Eltern waren zu beschäftigt, um sie zu kontrollieren, und heilfroh, dass sie sich mit jemandem von der Insel angefreundet hatte, auch wenn es ein etwas sonderbarer Junge war.

Wenn das Wetter schön war, nahm Phil Michael mit zu den östlichen Buchten und brachte ihm das Schwimmen bei. Anfangs sträubte er sich, Wasser sei zum Fischen da, nicht, um Fische darin nachzuahmen. Sie machte es ihm vor, ließ sich treiben, zeigte ihm, wie einfach es war, wenn man ins Hohlkreuz ging und die Arme leicht bewegte. Sie übten dort seit ein paar Wochen, als Seamus zufällig vorbeikam. Er hatte Strümpfe und Schuhe ausgezogen, seine Hose hochgekrempelt und lief an der Strandlinie entlang in ihre Richtung. Nein, er wolle nicht ins Wasser, rief er, es sei ihm viel zu kalt. Michael führte ihm vor, was er von Phil gelernt hatte: sich treiben lassen, tauchen, auf ihren Rücken, die Beine um ihre Taille, und dann hintenüberfallen. Er hielt sich die Nase zu, bedeutete Phil, dass sie sich gerade hinstellen solle, die Beine auseinander, und tauchte ins Wasser, unter ihr hindurch. Sie fühlte seine Haare an ihren Beinen entlangstreichen, blieb stehen, in der Hoffnung, dass er noch einmal unter ihr hindurchschwimmen würde. Ein paar Meter hinter ihr kam er wieder hoch, sie hörte ihn schnaufen, spürte, dass er sich die Haare trockenschüttelte, die Spritzer auf ihrer warmen Haut. Bislang waren alle Berührungen so zufällig, flüchtig.

Sie war so in Gedanken versunken, dass sie nicht merkte, dass Seamus sie schon eine Weile ansah: wie sie da stand, bis zu den Hüften im Wasser, die Hände in der Seite, sich lächelnd umdrehte und auf seinen Bruder zuwatete, der sich auf ein Zeichen von ihr im Wasser ausstreckte. Ehe eine Welle sein Gesicht überspülen konnte, legte Phil schnell eine Hand unter seinen Hinterkopf, die andere unter seinen Rücken. Es war, als trüge sie seinen Bruder durchs Wasser, als wöge er nichts in ihren schmächtigen Armen.

Sie machte ihn mit dem Schwimmen vertraut und er sie mit der Insel. Sie redeten kaum, nur, wenn sie etwas fragte oder wenn es nicht anders ging. Er sprach, indem er ihr Dinge zeigte: Kaninchen im Licht der untergehenden Sonne, das durch ihre aufgestellten Ohren hindurchschien, über ihr Fell strich, wodurch all ihre Haare aufleuchteten, rot, feuerrot – man glaubte, es knistern zu hören. So unvermittelt wies er auf Wundersames, dass es den Anschein hatte, als ob sein Finger der Stab wäre, mit dem er alles herbeizauberte. Anfangs wollte sie immer über ihre Entdeckungen reden, aber allmählich fand sie sich mit seiner Schweigsamkeit ab, und das Reden in ihr selbst hörte auch auf. Es machte sie ruhiger, aufmerksamer, aber auch einsam mitunter, denn auf Gedanken konnte man nicht zeigen.

In manchen Momenten fürchtete sie, es gebe zu vieles, was sie trennte, wie an jenem Morgen, als sie bei Ebbe auf den Felsen saßen. Michael schlug mit einem Stein ein paar Muscheln, die als Aas dienen sollten, von den Felsen, einige warf er ins Meer, andere legte er zwischen ihre nackten Füße. Phil drehte eine Muschel um, pikte neugierig in das weiche, ockerfarbene Fleisch, das sich gierig um ihre Fingerspitze ringelte. Sie blickte zu Michael, ob er es auch sähe. Er hatte sie noch immer nicht geküsst, sie wartete nach wie vor.

Er nahm ihr die Muschel aus der Hand, legte sie auf einen Felsen und schlug die Schale mit einem Stein kaputt. »Au«, sagte sie unwillkürlich, aber er zuckte mit den Schultern, schlug noch einmal zu, kräftiger nun, so dass der Muschelgrus in das Fleisch drang. Sie schaute hin, und ihr Mund füllte sich mit Speichel bei der Erinnerung, wie sich ihr Zahnfleisch angefühlt hatte, wenn der Zahnarzt die Eisendrähte ihrer Spange wieder fester gedreht hatte. Während Michael die Splitter von der Muschel pellte, erzählte sie ihm, dass sie sich vorstellte, irgendwo, über ihnen, so weit entfernt, dass es nicht zu sehen sei, würde sich jetzt jemand über sie beugen. Eine Hand könne sie jeden Moment von den Felsen pflücken, ihnen einen Finger ins Fleisch bohren, um zu überprüfen, ob sie noch lebten. Der eine würde ins Meer zurückgeworfen, der andere auf dem Felsen abgelegt, es sei Zufall, wer am Leben bliebe, Willkür. Oder meine er nicht? Sie wollte wissen, ob er sich manchmal frage, was hinter den Sternen sei und wiederum dahinter. Ob er an einen Gott glaube, der sie beschützte, aber auch mit einem Schlag zermalmen konnte. Sie nahm einen Stein und hielt ihn hoch: So, so wie er die Muschel zermalmt hatte. Er sah sie verständnislos an und begann, etwas Tang in eine Büchse zu stopfen, die sie aus der Küche mitgebracht hatte, legte die Muschel hinein und die Büchse in eine Lache zwischen zwei Felsen. Sie stand auf und setzte sich ein Stück abseits, weil sie lieber allein war als so allein mit ihm zusammen.

Kurz darauf, als sie schon dachte, er würde nie mehr auf ihre Frage zurückkommen, rief er, dass sie sich umdrehen solle. Hinter ihr, auf einem Hügel, stand eine Frau und hängte ein Laken auf, mit dem Gesicht zu ihnen, der Kopf schaute gerade über der Wäscheleine hervor. Sie breitete die Arme so weit wie möglich aus, um das Laken straffzuziehen, als ein Windstoß es gegen sie anblies. Durch den Stoff hindurch konnte man vage die Konturen ihres Körpers erkennen. »Engel«, rief Michael genau in diesem Moment und deutete auf die Erscheinung. Sie nickte, sah, wie er da stand vor dem Hintergrund der Berge in der Ferne, die durch das Blau des Meeres und den blauen Himmel selbst auch blau wirkten. Er brauchte sich nicht den Kopf darüber zu zerbrechen, was hinter den Sternen war und wiederum dahinter. Viel wundersamer als das, was er den ganzen Tag um sich herum wahrnahm, konnte es nicht sein. Vielleicht durfte man keine Antwort auf

Fragen verlangen, die kein lebendiger Mensch zu beantworten vermochte. Vielleicht genügte es zu schauen, zu schauen mit demselben Staunen wie er.

Er brachte ihr bei, auf welchen Felsen die dicksten Muscheltrauben saßen. Er zeigte ihr Grotten, die nur bei Ebbe erreichbar waren, in denen man sich unterstellen konnte, wenn ein Sturm aufkam. Er wies sie auf die verschiedenen Farben des Wassers hin, von Meergrün bis Tiefviolett, wo brauner Seetang wuchs. Er machte sie auf den dunklen Umriss einer Insel in der Ferne aufmerksam und auf eine Wolke darüber, die exakt die gleiche Form hatte. Von ihrer Lieblingsmuschel, der seltenen gelben, die wie ein Maiskorn aussah, fand er jeden Nachmittag eine, und er gab sie ihr alle und sagte, dass er so lange weitersuchen würde, bis sie sich eine Kette daraus fädeln könne.

Sie wollte, dass es immer so bliebe, und zugleich hatte sie genau davor Angst. So wie sie gingen Kinder miteinander um und alte Leute vielleicht, die schon ein gemeinsames Leben hinter sich hatten. Aber sie waren keine Kinder mehr und auch noch nicht alt. Gerade als sie wieder einmal hin und her gerissen war zwischen Hoffnung und Furcht, dass die Begierde zu viel verändern würde – nicht nur ihre jungfräulichen Körper, sie selbst, ihre Freundschaft, sondern dass auch die Insel danach nicht mehr das Paradies sein würde, das es jetzt war –, erfuhr sie etwas über Michael, das ein neues Licht auf ihn warf.

Es war Samstag und herrliches Wetter; Michael war mit seinem Bruder in Galway, und Phil hatte beschlossen, dann eben allein schwimmen zu gehen. Auf dem Weg zum Strand traf sie Bridget, die fragte, warum Michael nicht mitkam. Als Phil antwortete, dass er mit seinem Bruder in Galway sei, »um nach Büchern zu schauen«, sagte Bridget mit einem vielsagenden Lächeln: »O ja, es ist der letzte Samstag im Monat.«

»Was ist daran so lustig?«, hatte Phil gefragt.

Sie wurde so wütend, als sie hörte, dass er einmal im Monat mit seinem Bruder in Galway zu den Huren ging, dass sie ihn nie mehr sehen wollte. Erst mochte er es nicht zugeben, er legte den Finger auf die Lippen und schüttelte energisch den Kopf. Seamus habe gesagt, dass er nicht darüber reden dürfe. Sie hakte so lange nach, bis er gestand.

»Und was macht ihr da?«

»Suppe essen.«

»Und danach, wenn ihr die Suppe aufgegessen habt?«

»Seamus gibt Gladys Geld, und dann nimmt sie mich mit nach oben.«

»In ihr Zimmer, in ihr Schlafzimmer?«

»Ja, ihr Schlafzimmer, aber sie wohnt da nicht.«

»Und was macht ihr dort?«

»Sie hängt meine Sachen über den Stuhl, und dann darf ich in ihrem Bett liegen. Und dann wirft sie ihre goldenen Sandalen ab und legt sich neben mich.«

Sie konnte es nicht länger ertragen, wollte nicht noch mehr Details hören. Es war schon schlimm genug, dass sie nun wusste, dass diese Frau Gladys hieß und goldene Sandalen trug. Goldene Sandalen, wie er gestrahlt hatte, als er das sagte. Wahrscheinlich hielt er Gladys auch für einen Engel, geradewegs aus dem Himmel in ein Elendsviertel in Galway herabgestiegen, um ihm zu Willen zu sein. Sie lief nach Hause, zog die Vorhänge zu und warf sich aufs Bett. Dann stand sie wieder auf, um alle Muscheln und Steine, die er ihr im Laufe der Wochen geschenkt hatte, mit einer Bewegung vom Fensterbrett zu fegen. Aber bei allem, was sie wegschmiss und in ihrer Wut rief, beobachtete sie sich aus der Distanz. Sie weinte, weil sie fand, dass man betrübt zu sein habe, wenn der Junge, den man liebte, einen mit einer Hure betrog. Zugleich, so deutlich, dass sie es sich nicht eingestehen mochte, stieg er in ihrer Achtung. Sie war froh, dass er nicht so unschuldig war, wie sie befürchtet hatte.

Es war ihr zunächst nicht bewusst. Sie merkte

erst, welche Wirkung sein Geständnis hatte, als sie vor den Spiegel trat, um ihre rot geweinten Augen zu untersuchen, und einfach anfing, sich auszuziehen. Sie stellte sich vor, dass Michael hinter ihr im Bett läge und sie im Spiegel betrachtete, so wie er Gladys betrachtet hatte. Sie setzte ihren Fuß auf einen Stuhl und begann, sich einen unsichtbaren Strumpf vom Bein zu streifen, warf ihn achtlos über den Stuhl, wo schon seine Kleider lagen. Die ganze Zeit hatte er nicht gewagt, sie zu berühren, weil man es ihm verboten hatte. Erst seine Eltern, der Pfarrer und jetzt Seamus, so etwas tat man nicht mit einem anständigen Mädchen. So lief das hier, noch immer, aber sie würde ihn von diesen hinterwäldlerischen Ansichten befreien. Morgen würde sie ihm sagen, dass er jenes Lokal nicht mehr aufsuchen müsse. »Du hast doch jetzt mich. Was du mit Gladys machst, kannst du doch auch mit mir machen?«

Am letzten Samstag des Monats lief sie zum Hafen, um sich zu vergewissern, dass Michael nicht auf dem Schiff war. Er hatte versprochen, nicht mehr zu fahren, aber sie wollte es mit eigenen Augen sehen. Sie ging den Pier entlang, bis zur Laufplanke, und wartete, bis die letzten Passagiere an Bord waren. Auf Deck war er nicht, drinnen bestimmt auch nicht bei diesem schönen Wetter, und Seamus konnte sie ebenfalls nirgends entdecken. Sie winkte einem englischen Ehepaar, das ein paar Tage in der Pension gewohnt hatte und glaubte, Phil sei extra zur Fähre gekommen, um sie zu verabschieden. Erst als die Trossen losgeworfen wurden, wandte sie sich um, summend, denn ein deutlicheres Zeichen hätte Michael ihr nicht geben können.

Wenn das Heu eingebracht war, schon sehr bald, würde auf der Insel ein großes Fest veranstaltet werden. Morgens gab es dann immer einen Markt, und man konnte sackhüpfen, tauziehen und auf Pappkaninchen schießen. Jeder buk oder machte etwas, das war schon seit Jahren so. Am Nachmittag würde ein Fußballspiel gegen eine andere Insel stattfinden und abends ein Fest, das die ganze Nacht dauern würde.

»Hallo.«

Sie blickte auf. Die Sonne schien ihr grell ins Gesicht, und mit der einen Hand beschirmte sie ihre Augen, während sie mit der anderen Michael winkte. Sie fühlte sich ertappt, weil sie gerade an ihn gedacht hatte: Am Nachmittag vor dem Fest würde sie schon ein paar Flaschen Bier aus dem Pub mitnehmen und auch einige Kerzen aus der Schachtel, die ihr Vater immer unter dem Tresen liegen hatte für den Fall, dass der Strom wieder einmal ausfiel. Sie würde die Lichter in ihrem Zimmer löschen und die Kerzen aufs Fensterbrett stellen, so dass die Flammen von dem langen Spiegel gegenüber ihrem Bett reflektiert würden.

»Hallo.« Er klang anders, verschnupft, dachte sie, und da erst erkannte sie, dass es nicht Michael war, der sie aus der Ferne gegrüßt hatte, sondern sein Bruder. Er lehnte an der Kaimauer mit einer Zigarette in der Hand, ohne Buch oder Zeitung, wahrscheinlich wartete er auf jemanden.

»Ihr seid also nicht nach Galway gefahren?«

Es rutschte ihr heraus, und auch das Grinsen um ihren Mund war nicht so gemeint, trotzdem gefiel es ihr, dass er rot wurde. Er fragte sie, ob sie Lust auf eine Tasse Kaffee habe, und sie gingen zusammen zum Laden. Sie verstand nicht, warum er so betonte, dass er nicht mehr in das Lokal in Galway wolle. Was kümmerte es sie, solange er Michael nur nicht überredete, ihn zu begleiten.

»Kannst du dir nicht denken, warum ich nicht mehr will?«

»Weil Michael nicht mehr hinbraucht.«

Sie standen nun vor dem Laden. Seamus starrte zu Boden und versuchte, einen Kiesel im Zement wegzukicken.

»Mach es mir nicht so schwer.«

»Was tue ich denn jetzt schon wieder?«

Sie folgte ihm in den Laden. Während er Wasser aufsetzte, sagte er mit dem Rücken zu ihr: »Ich habe mir immer vorgenommen, nicht mehr in ... in dieses Lokal zu gehen, sobald ich verliebt bin.«

»Oh. Und bist du das denn?«

So stellte sie noch ein paar Fragen, der Form halber, um die drückende Stille auszufüllen, um nicht auf das reagieren zu müssen, was er ihr klarzumachen versuchte: »In wen denn, ist sie von hier, kenne ich sie?« Sie fragte das alles, um nicht an sich herankommen zu lassen, was sie bereits wusste, als er das Wort »verliebt« aussprach, nein früher schon, als sie vor ihm stand und er zum zweiten Mal »hallo« sagte.

Er hatte sie noch nie so angesehen, noch nie so einen unsicheren Ton angeschlagen, und für einen Moment hatte sie dieselbe Empfindung gehabt wie damals, als sie ihn gerade kennengelernt hatte. In ihrer Verwirrung hatte sie auf seine Schuhe geschaut: ob das wirklich Seamus sei, der mit den spitzen schwarzen Schuhen.

Während sie tat, als würde sie ihn nicht verstehen, durchfuhr es sie, dass das von all den Gebeten komme, all den Kerzen, die sie für ihn angezündet, aber nie ausgeblasen hatte, als sie ihn nicht mehr wollte. Sie hatte nicht daran gedacht, ihr Bittgebet rückgängig zu machen. Steif, unbeholfen erklärte er, worum sie damals so inständig gebetet hatte: dass sie die Einzige für ihn sei, die Einzige, die er wolle.

»Die Insel hat dich verändert«, sagte er.

»Die Insel?«

»Als ich dich an dem Nachmittag im Wasser stehen sah, als Michael zwischen deinen Beinen hindurchschwamm, dachte ich: Sie tut nicht nur so, sie macht es nicht meinetwegen. Du bist die erste Frau, die nett zu ihm ist, wirklich nett, nicht mitleidsnett, und ich bin nicht so ein Tanztyp, aber wenn du mich noch einmal bittest, sage ich ja.«

»Ich bitte dich nicht noch mal.«

»Dann bitte ich dich, um einen Tanz, um deine Hand. Du darfst die Reihenfolge bestimmen.«

Sie schwieg, weil sie nicht wusste, wo sie anfangen sollte, ihm zu erklären, wie sehr er sich irrte.

»Mir ist schon klar«, sagte er, »dass ich dich damit überfalle, aber ich habe es nicht eilig.«

Später schrieb er ihr, was er gedacht hatte, als er ihr hinterherschaute. Dass er sich vorstellte, sie würde noch am selben Nachmittag den Pfad wieder heraufkommen. Dass er ihr den Laden zeigen würde und das Bücherregal, das er selbst gebaut hatte. Dass er mit ihr an den Bänden entlanglaufen, hin und wieder einen herausnehmen würde, weil es ihm nicht entgangen sei, dass sie bisher immer nur so getan habe, als ob sie sie betrachte, dass die Bücher ein Vorwand waren, um in seiner Nähe zu sein. Er beschrieb ihr seinen Traum, was er mit dem Laden vorhatte. Wenn sie Lust habe, könne sie ihm dabei helfen; sie würden zusammen nach Galway fahren, um Bücher einzukaufen, und danach in einem Restaurant am Hafen Hummer essen. An die eine Wand wolle er neue Bücher stellen, zum Verkauf, an die andere nummerierte Bücher, die sich die Inselbewohner ausleihen könnten. Beiderseits des Fensters seien ein paar Stühle geplant, für die Kinder seiner Schule. Fast alle kämen sie aus großen Familien, er wolle ihnen einen Ort geben, wo sie sich zurückziehen konnten, lesen, Musik hören, und dann und wann würde er selbst Geige für sie spielen.

Er wolle ihr auch das Haus zeigen, wo er seit seiner Einstellung vor drei Jahren mit Michael wohnte. Er laufe schon mit ihr durch die Zimmer, seines, Michaels, das große Zimmer unten und die Küche. Überall sei es sauber und aufgeräumt. Nicht, um ihr zu imponieren, so sehe es dort immer aus. Er brauche keine Haushälterin, sondern eine Frau. Und so kam er auf Michael. Er müsse wissen, ob sie sich darüber im Klaren sei, dass Michael bei ihnen bleiben würde. Das habe er seinen Eltern versprochen; bei ihnen, in dem kleinen Obergeschoss in der

Stadt, sei Michael viel unruhiger, schwieriger gewesen. Seit er hier lebe, sei er aufgeblüht.

Es müsse natürlich das eine oder andere umgebaut werden. Es sei besser, wenn Michael ein Zimmer neben dem Haus bekäme, statt so dicht neben ihrem, die Wände seien nicht sehr dick ... Um sie nicht in Verlegenheit zu bringen, fing er schnell von den Farben an. Wenn sie etwas mehr Farbe ins Haus bringen wolle, sei ihm das auch recht. Ihm sei alles recht, wenn sie sich hier nur heimisch fühle. Das schrieb er ihr alles. Erst später, viel später begriff Phil, was zwischen den Zeilen stand: Michael sollte nicht da sein am ersten Abend, wenn Seamus ihr das Haus zeigen würde. »Geh angeln, oder hier hast du Geld, ausnahmsweise darfst du mal ein Glas Bier trinken.« Sie würden noch genug Abende zu dritt verbringen, aber an diesem ersten Abend wollte er natürlich mit ihr allein sein, mit Ino mit den schlanken Fesseln. Sie würde das schwarze Tuch wieder umhaben, das so gut zu ihrer hellen Haut passte. Er wollte sie nackt, nur in diesem Tuch, das bis zu den Hüften hinuntergeglitten und direkt unter dem Nabel zusammengebunden war. Halb entblößt, nur in diesem Tuch, würde sie durch sein Haus laufen.

Aber so ging es nicht.

Phil vernahm Schritte unter ihrem Fenster, die Hühner begannen, unruhig zu gackern. »Mach auf«, sagte Seamus, »ich verspreche, dass ich nicht bleibe, ich will dir nur was geben.« Sie verhielt sich still, hörte etwas rascheln und sah kurz darauf, wie ein Zettel durch die Läden geschoben wurde. Als die Schritte sich wieder entfernten, faltete sie das Blatt auseinander: Seamus hatte das Heimwehlied für sie getippt. Sie war an diesem Abend nicht in den Pub gegangen, weil sie ihn nicht singen hören wollte, aber nun hörte sie ihn doch. In dieser Nacht träumte sie, dass sie am Kai stünde und winkte, Michael und Seamus, mit beiden Armen, und ihr Blick ging hin und her, von dem einem zum anderen.

DREI

Es war kein Verrat. Schließlich war er der Erste gewesen, sein Name der erste, den sie wieder und wieder vor sich hin gesprochen hatte, in allen Tonarten. Er hatte die älteren Rechte. Sie las das Heimwehlied, bis sie es auswendig konnte. Sie stellte sich vor, wie es wäre, mit ihm bei Ebbe auf den Felsen zu sitzen und zu reden. Er würde ihr sicher eine Antwort geben, eine ernsthafte Antwort und nicht einfach nur so auf eine Frau zeigen, die Wäsche aufhängt. Sie ging den gewundenen Pfad von der Kirche aus, an den Äckern vorbei, dem kleinen See mit dem rauschenden Schilf, dem Friedhof und den vier Buchten noch einmal, allein, ohne Michael. Eine Art Wallfahrt. Jeder Schritt ein Schritt zurück in ihrer Erinnerung an jenen Spaziergang, ihren ersten Sonntag auf der Insel, als es nur einen Mann für sie gegeben hatte.

Sie lief, bis sie zu dem Haus mit den schwarzweißen Fensterläden kam, und dachte: Hier werde ich wohnen, wenn ich ihn heirate. Ich werde die Frau des Lehrers, Lehrergattin – es klang wie etwas sehr Vernünftiges. Vernünftig war kein Widerspruch zu verliebt. Eine vernünftige Entscheidung erhöhte einen auch, machte größer, erhabener. »Ich werde die Frau des Geigers, des Dichters, des begehrenswertesten Junggesellen der Insel. Alice würde alles dafür geben, ihn zu kriegen, und Ann und Flo auch – und wer nicht. Ich kann nicht mein Leben lang auf dem Bauch im Gras liegen und Seelöwen und brennende Kaninchen beobachten.«

Während sie da stand, an die Mauer gelehnt, die den Garten der Brüder umgab, kam Paddy auf sie zugerannt mit etwas Weißem im Maul – einer toten Möwe oder einem von der Sonne gebleichten Schafsschädel –, und sie schreckte zurück, aber als er ihr das Ding zu Füßen legte, sah sie, dass es ein platter, weißer Fußball war. Sie streichelte den Kopf des Hundes, fuhr mit dem Finger über den schwarzen Fleck zwischen seinen Augen, immer wieder, beschwörend, so wie sie sich über die Schläfen strich, wenn sie Kopfschmerzen hatte. Im Haus hörte sie Michael pfeifen, das träge Schnalzen der Flipflops, die er immer trug, wenn sie ihn zum Schwimmen abholte. Schnell lief sie weiter, sie konnte ihm jetzt nicht unter die Augen treten.

Sie hatte sich nicht darauf vorbereitet, doch als sie vor Seamus im Laden stand, fand sie, dass sie es sagen müsse. »Oh, du bist da«, stieß er hervor, »du bist da.« Es war ihm anzusehen, dass er in den letzten Tagen kaum geschlafen hatte, er schwitzte ein bisschen, und seine Hände zitterten, als er ein paar Zeitungen von einem Hocker raffte. Aber sie setzte sich nicht. Sie strich mit der flachen Hand über ein leeres Brett, bis sie genug Mut gefasst hatte, und sagte dann, es gebe einen Grund dafür, dass sie so lange habe nachdenken müssen.

»Es ist auch eine wichtige Entscheidung«, warf er ein. »Es ehrt dich, dass du dir Zeit dafür nimmst.«

Sie lachte auf, weil er so feierlich tat, und sagte schnell: »Du hast doch gesehen, wie oft ich mit deinem Bruder zusammen bin.«

»Wenn du ihn nicht mögen würdest, könnte es mit uns nichts werden.«

»Aber es ist nicht so, wie du denkst.«

»Was denke ich denn?«

»Dass ich wie eine Schwester für ihn bin?«

»Dann eben eine Mutter, eine sehr junge Mutter. Als du mit Michael in den Armen im Wasser standst, war es wie diese Skulptur von Michelangelo.«

Sie schüttelte den Kopf.

»Die kennst du nicht?«

»Nix Maria, nix Mütterliches, nix Heiliges.«

Er sah sie prüfend an und erwiderte dann entschieden, als ob sie eine Aufgabe falsch vorgerechnet hätte: »Das kann nicht sein.«

»Warum nicht? Was er mit Gladys hatte, das hatte er mit mir auch …«

»Die wurde dafür bezahlt, so zu tun, als ob sie auf ihn steht. Eine gewöhnliche Frau kann so was nicht für ihn empfinden. Das ist nicht normal.«

»Oh, kann das nicht sein? Nun, ich habe es empfunden. Also kann es sein.«

Seine Halsmuskeln spannten sich, und er fing an, im Laden hin und her zu laufen, der dadurch noch kleiner wurde.

»Gladys … Hat er dir erzählt, dass sie so heißt?«

»Er tut nicht immer, was du sagst. Nur ruhig Blut. Er hat mich noch nicht mal geküsst oder so, aber es wäre passiert, wenn du uns nicht dazwischengefunkt hättest.«

»Dazwischengefunkt«, wiederholte er und schüttelte mitleidig den Kopf.

»Reg dich nicht so auf. Ich will dich, darum bin ich hier.«

Doch während sie diesen Satz aussprach, merkte sie, wie flach es klang. Sie erwartete nicht, dass er sie noch jemals berühren würde, denn er unternahm keinerlei Versuch, seine Geringschätzung zu verbergen. Als er auf sie zulief und sie streichelte, ihre Wangen und ihren Hals, und ihr Kinn anhob und zu erklären begann, wie dumm es sei, Mitleid mit Liebe zu verwechseln und Freundschaft mit Sex, erstarrte sie. Sie war sich nun sicher, sie empfand nur etwas für ihn, solange er sang oder solange sie las, was er geschrieben hatte. Sie liebte seine Sätze, nicht ihn.

Seamus tat alles, um sie für sich zu gewinnen. Jeden Abend schob er ihr ein Lied unter den Fensterläden hindurch oder ein Gedicht oder einen Liebesbrief. Die Hühner blickten nicht einmal mehr auf, wenn er den Hof betrat. Nach einer Woche sprach er mit ihrem Vater, hielt um ihre Hand an und berichtete, was er verdiente. »Ich wusste es, ich wusste es«, jubelte ihre Mutter, die immer schon gewusst hatte, warum Phil sich mit diesem zurückgebliebenen Jungen abgab, und deshalb nicht verstand, warum ihre Tochter jetzt nicht wollte, dass man ihr gratulierte. »Aber Mama, nicht so schnell, es ist noch nicht so weit«, sagte Phil. Ihre Eltern glaubten, dass sie am Vorabend einer großen Entscheidung stünde, und ließen sie in Ruhe, doch Seamus verfolgte sie auf Schritt und Tritt bis hin zu Stellen, von denen sie gedacht hatte, dass nur Michael und sie sie kannten.

Eines Nachmittags, als sie in einem Autowrack

am Rande eines Torffelds vor einem Regenschauer Unterschlupf gesucht hatten, steckte er den Kopf durch eine zersplitterte Scheibe und sagte, dass er sie dringend sprechen müsse. Michael machte Anstalten, auch auszusteigen, doch Seamus verbot es ihm. Vom Rücksitz aus schaute er verdattert zu, wie Seamus Phil am Arm nahm und ein paar Meter entfernt mit dem Rücken zum Auto anfing, mit ihr zu reden. Ruhig erklärte Seamus ihr, sie habe wahrscheinlich nicht begriffen, dass sein Bruder nie erwachsen werden würde, immer bleiben würde, wie er jetzt war. Sie könne ihm vielleicht beibringen zu schwimmen und sich die Schnürsenkel zu binden und alles Mögliche, aber er würde ein Kind bleiben in einem Körper, der älter und älter wurde. Er erklärte ihr, wie das gekommen war, ein Virus im Vorschulalter, und wie es hieß und dass man seinerzeit noch nichts dagegen machen konnte. »Du wusstest vielleicht nicht, womit du es zu tun hast, jetzt weißt du es.«

Er lief zum Auto zurück, um Michael aussteigen zu lassen, doch Phil schlüpfte an ihm vorbei und zog die Tür vor ihm zu. Sie hatte sich schon einmal von Michael losargumentiert und kannte das Gefühl, wie es ist, wenn man eine falsche Wahl trifft, dann sah man überall tote Möwen und Schafsschädel. Dass alles, was ihn so besonders machte, eine

Ursache hatte und einen Namen, als Krankheit bezeichnet wurde, spielte keine Rolle. »Komm raus«, rief Seamus, lauter werdend, denn der Regen prasselte immer stärker auf das verrostete Autowrack.

Michael sah Phil erschrocken an und sagte: »Niemand ist böse, oder?«

Sie schüttelte den Kopf, presste zitternd die Arme gegen ihren Bauch und schaute auf den Regen, der nun durch alle Löcher im Dach sickerte. »Nein, niemand ist böse.«

In diesem Moment ging eine Erschütterung durch das Auto, weil Seamus die Stoßstange abriss. Er schlug damit auf das Wrack, und noch einmal und noch einmal hämmerte er mit dem Eisen auf das Dach, direkt über ihren Köpfen.

Michael kauerte sich zusammen, machte sich so klein wie möglich. Begann zu schreien, schrie gegen das Geräusch an, gegen Seamus. Er rüttelte an der Tür neben sich, aber die war verbeult und ging nicht auf. Er trat um sich, versuchte über Phil hinwegzukriechen, um auf ihrer Seite auszusteigen, doch sie hielt ihn zurück, indem sie mit ihrem Körper den Ausgang blockierte. »Es hört schon auf«, sagte sie und starrte Seamus dabei unverwandt an, »es hört schon auf, es hört schon auf. Er geht schon weg.«

Als sie ihn hinter einem Hügel verschwinden sah,

drückte sie sich an Michael, legte ihren Kopf in seinen Schoß, seine Hand auf ihren Kopf: »Streichle mich.«

»Wo?«

»Wo du willst.«

»Paddy wedelt mit dem Schwanz, wenn ich ihn streichle.«

»Ja, aber streichle mich jetzt mal nicht, als ob ich Paddy wäre.«

»Wie dann?«

»Als ob ich Gladys wäre.«

»Aber Gladys hat ein ganz anderes Dach.«

»Ein anderes Dach?«

Er betastete ihren Kopf, ein imaginärer Spitzhut, wie von einer Fee.

»Ganz andere Haare? Eine ganz andere Frisur?«

Er nickte und fing an, ihr durchs Haar zu streichen, ihre Kopfhaut zu kratzen, und sagte, es sei gut, dass sie keine Zecken habe, denn die saugten einem das ganze Blut aus dem Leib.

Dass weiter nichts passierte, war eine Enttäuschung für sie, die sie aber schnell überwand. Es lag nicht an ihm. Das Auto war undicht, und sie fröstelten vor Kälte und Anspannung. Die Angst, dass Seamus zurückkommen könnte, bedrückte, deprimierte sie. Bei jeder Berührung lauschten sie, ob sie seine Schritte hörten, bei jedem Windstoß, der das

Auto erzittern ließ, dachten sie an ihn. Das war der Grund.

Als sie schweigend an den Torffeldern entlang nach Hause liefen, wurde sie so trübsinnig wie nach ihrer Ankunft auf der Insel. Als ob in ihr auch ein mattschwarzer Fleck wäre, der immer größer und größer wurde. Wenn es nicht gut ausginge mit Michael und ihr, würde sie wieder genauso einsam werden wie am Anfang, so verlassen wie die Insel gegenüber. Hohes Gras, das von niemandem mehr gemäht wird.

Und er, wie würde es ihm ergehen, wenn es mit ihnen nichts würde? Sie wusste nicht, ob sie danach noch neben ihm hergehen könnte, mit ihm schwimmen, ob die Kette aus maisgelben Muscheln jemals fertig würde. Auch er würde vielleicht viel einsamer werden, als er jetzt war, als er jemals gewesen war – nicht daran denken, nicht daran denken. In einem warmen, trockenen Zimmer mit Bier und Kerzen, das Wiegen vom Tanz noch in ihren Körpern, würde nichts mehr ihre Erregung dämpfen, würde sich das eine aus dem anderen ergeben, von selbst, mühelos.

An diesem Abend bekam Phil wieder einen Brief von Seamus. Er schrieb, dass es ihm leid tue. Ob sie ihm verzeihen könne. »Du denkst, dass ich eifersüchtig bin, aber das ist nicht so. Er ist mein einziger Bruder, ich gönne ihm alles. Ich habe nur eine Heidenangst davor, was mit ihm geschieht, wenn du das Interesse an ihm verlierst, wenn du ihn fallenlässt, wenn du ihn abservierst. Ich hoffe, dass du morgen zum Fest kommst.«

Sie zerriss den Brief, fragte sich, was sie tun könne, um diese Flut von Briefen zu stoppen. Sie würde ihm morgen sagen, dass sie nicht mehr wollte, dass er ihr schrieb. Dass sie seine Briefe ungeöffnet verbrennen würde. Sie schaute zu den Fensterläden. Wollte sie denn, dass es aufhörte? Seine Gedichte über die Insel hatte sie alle aufbewahrt.

Michael sah sie nicht mehr vor dem Fest, sie hatte viel zu viel zu tun, ihre Eltern sorgten dafür, dass sie ständig beschäftigt war. Ihre Mutter wollte den anderen Frauen der Insel in nichts nachstehen und buk von früh bis spät Torten, Kuchen und Brownies als Preise für den großen Tag. Jedes Mal, wenn Phil wegwollte, um mit Michael schwimmen zu gehen oder sich mit ihm die Schiffe im Hafen anzuschauen, ließ ihre Mutter sich wieder eine neue Aufgabe einfallen. Phil dachte sich nichts dabei, bis ihre Mutter eines Morgens, als sie nebeneinander bis zu den Ellenbogen im Teig an der Anrichte standen, mit dünner Stimme sagte: »Begreifst du überhaupt, was du wegwirfst?«

Phil klatschte den Teig, den sie gerade zu einer Kugel knetete, an die Fliesen. »Er hat mit euch gesprochen. Verdammt noch mal. Ich will nicht, dass er mit euch über mich redet.« Ihre Mutter wandte vorsichtig ein, dass Seamus nur getan habe, was jeder vernünftige Mensch tun würde. Dass er sich Sorgen mache. Dass sie sich alle Sorgen machten. Sie begann leise zu weinen.

»Dass du Seamus sausenlässt für einen ... Debilen.«

»Das ist er nicht.«

»Wir sind keine Spießer. Ein Neger, ein Jude, ein Protestant meinetwegen oder jemand mit einer leichten Behinderung, ansonsten jedoch richtig im Kopf. Aber das.« Sie schüttelte den Kopf, das war ihr zu hoch.

»Seamus sagt, es kommt daher, dass er dich zuerst abgewiesen hat. Daher, dass du *ihn* nicht kriegen konntest. Dass du deshalb ...«

»Dann sag ihm, dass er mich schon lange nicht mehr will. Dass er nur noch hinter mir her ist, weil er mich nicht kriegen kann. Sag ihm das!«

Einen Tag später versuchte es ihre Mutter mit einer anderen Strategie. In wohlwollendem Ton sagte sie, dass sie noch einmal gut nachgedacht hätten und zu der Schlussfolgerung gekommen seien, dass Phil recht habe. Es sei in der Tat besser, wenn sie nach Amerika zurückginge, auf ein College in Kansas oder Missouri, in den Ferien könne sie dann zu Tante Peggy.

»Ich will überhaupt nicht mehr zurück.«

»Was hast du hier denn für eine Zukunft?«

»Das hättet ihr euch mal eher überlegen sollen, bevor ihr mich hierher geholt habt.«

Ihre Mutter schwieg, aber nicht lange. Bei einer neuen Torte sagte sie heftig: »Dann erklär es mir. Ich höre. Ich bin ganz Ohr. Was findest du an ihm? Was hat er dir zu bieten?«

Etwas, dachte Phil, das du nie verstehen wirst.

Ihre Mutter redete immer, auch wenn niemand zuhörte. Ihre Mutter würde nicht verstehen, dass sie durch Michael entdeckt hatte, dass Worte nicht nur die Seelöwen verjagten, sondern auch den Geruch von trocknendem Tang und das Grabbeln der Wellen in den Kieseln. Wenn man mehr sagte als nötig, zerstörte man den Zauber. Sie sprach es nicht aus, weil sie im selben Moment an die Balladen von Seamus dachte. An Sätze, die sie ebenso glücklich machten wie manche Gerüche und die rosa Streifen am Horizont, wie die Stille selbst. Die Erwähnung seines Namens würde ihre Mutter nur noch mehr verwirren.

Ihr Vater mied sie, so gut er konnte, schlug die Augen nieder, wenn er ihr begegnete. Er schämt sich für mich, glaubte Phil zuerst, doch als sie ihn einmal auf dem Rand eines abgezogenen Bettes sitzen sah, in einem leeren Zimmer im ersten Stock, als sie ihn da mitten am Tag vor sich hin starren sah, erkannte sie, dass er Kummer hatte, aber anders als ihre Mutter. Phil spürte, dass es etwas damit zu tun hatte, dass er ein Mann war und sie seine Tochter. Sie sprach nicht darüber, und er auch nicht, vielleicht begriff er selbst nicht, was mit ihm los war. Das Einzige, was er am Abend vor dem Fest zu ihr sagte, war: »Ich breche ihm das Genick. Wenn dieser Knilch dich auch nur mit dem kleinen Finger anrührt, tue ich ihm was an.«

Es war voller denn je auf der Insel, so voll hatte sie es hier noch nie erlebt. Obwohl das Fußballspiel erst gegen Mittag begann, waren die meisten Leute, Touristen, Familienmitglieder von anderen Inseln, schon mit der Morgenfähre gekommen. Am Kai standen etwa zehn Buden mit Esswaren, Wollpullovern, mit Muscheln beklebten Döschen. Man konnte sackhüpfen und eine Torte gewinnen, ein Pappkaninchen abschießen und einen Kuchen gewinnen. Gegen Bezahlung durfte man auf Eseln reiten, die an einem Strommast festgebunden waren, denselben Eseln, die den Rest des Jahres auf den Weiden zwischen den Buchten grasten, frei, wo immer sie wollten. Es waren nur fremde Kinder, Touristen, die nun auf die Esel stiegen.

Phil lief unruhig über den Kai, sie hatte sich noch nicht mit Michael verabreden können. Bevor das Fest heute Abend begann, wollte sie ihm sagen, wo er sie erwarten solle. Es war ausgeschlossen, dass sie in Ruhe miteinander tanzen und unbemerkt verschwinden könnten wie bei Bridgets Fest.

Sie ging an ein paar Tischen mit antiquarischen Büchern und Stapeln alter Zeitschriften vorbei, aber Seamus war nicht zu entdecken. Daneben war die Schießbude, dort musste Michael sein, doch vor seinem Stand drängte sich eine Menschenmenge. Sie hörte das Geräusch von an einer Bretterwand abprallenden Schrotkugeln, eine kurze Pause und dann wieder einen Schuss. Sie erschauderte, schlüpfte schnell zwischen zwei Männern hindurch nach vorn und sah zu ihrer Erleichterung, dass Malcolm das Gewehr lud und nicht Michael; Seamus kassierte das Geld ein, und Michael schaute aus sicherer Entfernung zu, vorläufig durfte er nur die Preise ausgeben. Sie winkte ihm zu. Nun, wo sie ihn nach all den Tagen wiedersah, merkte sie erst, wie sehr sie ihn vermisst hatte.

»Willst du schießen?«, fragte er.

Sie blickte zu Seamus, der ganz in der Nähe stand und jedes Wort, das sie miteinander sprachen, hören konnte. Es war jetzt nicht möglich, etwas mit Michael zu vereinbaren. Auch wenn sein Bruder weiter weg gestanden hätte, hätte sie es nicht gewagt, denn sie hatte das Gefühl, dass alle sie beobachteten. Sie würde später wiederkommen und beschloss gerade zu gehen, als Seamus ihr das Gewehr in die Hände legte.

»Dass sie für so was kein Luftgewehr benutzen«, hörte sie jemanden hinter sich sagen. »Gefährlich.«

Sie betrachtete das Ding in ihrer Hand. Das Gewehr war auch schwer, viel schwerer, als es aussah.

»Hast du das schon mal gemacht?«, fragte Seamus. Er war unter dem Tisch hindurchgekrochen und tauchte direkt neben ihr auf.

»Noch nie.«

Sofort legte er seine Arme um sie, eine Hand unter die Hand, die das Gewehr stützte, die andere um die Hand am Abzug. Sie spürte seinen Atem über ihre Wange streichen, er hielt sie ganz umschlossen, und sie konnte nichts tun. Wenn sie das Gewehr losließe, würde es vielleicht von selbst losgehen und Michael treffen. »Gut hinschauen, nur hinschauen«, sagte Seamus und korrigierte ihre Armhaltung.

»Konzentrier dich, Phil.« Es war die Stimme ihres Vaters. Er klang fröhlich, entzückt. Der Schweiß brach ihr aus, und ihr wurde schwindlig.

Sie war versucht, wild um sich zu schießen, auf all die Menschen, die so genau wussten, was gut für sie war. Begreifst du überhaupt, was du wegwirfst, begreifst du, begreifst du …

»Wenn du triffst, darfst du heute Abend mit mir tanzen«, sagte Seamus, und seine Lippen berührten ihr Ohr. Sie schaute zu Michael, der ihr ermutigend zunickte. Sah er nicht, was passierte? War er denn gar nicht eifersüchtig? Ihr Mund wurde trocken, ihre Muskeln spannten sich, ihr Blick ging von Michael zu dem roten Kreis im Bauch des Kaninchens. Sie stellte die Beine etwas weiter auseinander, holte tief Luft und schoss, zwei Mal schoss sie, und beide Male traf sie.

»Bravo!«, rief ihr Vater. »Bravo!«

Seamus ließ sie los und nahm ihr das Gewehr ab. »Das sind dann zwei Tänze.«

»Oh, mindestens«, sagte sie, so laut, dass es auch ihr Vater hörte.

»Bis heute Abend.«

»Bis heute Abend.«

Sie hielt ihr Versprechen und tanzte mit Seamus, mindestens zwei Tänze. Vom Rand der Tanzfläche aus schauten ihre Eltern zufrieden zu. Anfangs spähten sie andauernd um sich, ob der andere Junge, dessen Namen sie tunlichst zu erwähnen vermieden, vielleicht noch auftauchte. Aber als er gegen zehn noch nicht da war, waren sie beruhigt. Seamus gegenüber fingen sie nicht davon an. Es war besser, ihn nicht mehr an diese dumme Geschichte zu erinnern, da sich nun offenbar doch noch alles zum Guten gewendet hatte.

Ihre Tochter sah strahlend aus, sie hatte sich hübsch angezogen, und ein Lächeln lag auf ihren Lippen, auch wenn er wegging, um Geige zu spielen. Nur als er anfing, für sie zu singen, ohne Begleitung, ein Liebeslied, das er für sie geschrieben hatte, wurde es ihr zu viel. Sie starrte zu Boden, und als alle applaudierten, klatschte sie nicht mit.

»Ich geh dann mal nach Hause«, sagte Phil, als es elf schlug. »Ich bringe dich«, erwiderte Seamus, aber das wollte sie nicht. Sie wolle allein sein, sagte sie.

Das könne er sich vorstellen. Er könne sich vorstellen, dass sie Zeit brauche. Es sei viel geschehen, vielleicht habe er auch zu schnell vom Heiraten angefangen, sie damit abgeschreckt.

Phil verabschiedete sich von ihren Eltern und von Seamus und ahnte nicht, dass er ein paar Minuten später seine Geige einpacken und auch aufbrechen würde. Sie eilte in ihr Zimmer, wo Michael auf sie wartete. An diesem Nachmittag, als Seamus auf dem Fußballplatz den Schiedsrichter spielte, hatte sie Michael erklärt, wie er ungesehen in ihre

Kammer gelangen konnte. Danach hatte sie im Waschbecken etwas Bier kalt gestellt, unter einem Badetuch, damit ihre Mutter – sollte sie hereinkommen – die Flaschen nicht entdecken würde. Kerzen, Streichhölzer und einen Öffner hatte sie unter ihrem schwarzen Umschlagtuch auf dem Fensterbrett verborgen.

Als sie das Licht anknipste, lag Michael in ihrem Bett und schlief. Seine Kleider hingen unordentlich über dem Stuhl; an der Rückenlehne stand das Gewehr, das er versprochen hatte noch an diesem Abend zu Malcolm zurückzubringen. Sie öffnete die Fensterläden, nahm das Gewehr vorsichtig hoch, aus Furcht, dass es aus Versehen losgehen würde, wenn es umfiele, jetzt oder später, wenn sie tanzten. Sie stellte es an die Hauswand, neben ihr Fenster, und schloss die Läden wieder, bis auf einen Spalt.

Sie zündete mit einem Streichholz die Kerzen an, klappte die Schranktür ein wenig auf. Sowohl das Bett als auch die Flammen waren in dem langen Spiegel zu sehen. Es war, als ob Michael scheintot in einer Kapelle auf sie wartete, genau wie Julia in dem Stück von Shakespeare, für das sie einmal vorgesprochen hatte. Sie weckte ihn schnell, öffnete zwei Flaschen Bier und stellte sie auf den Tisch am Fenster. »Ist nicht erlaubt«, sagte er, als er das Bier erblickte, aber schließlich trank er die Flasche doch aus, und danach teilten sie sich noch eine.

Phil schaltete ihr Transistorradio an, und sie tanzten – Michael nackt, sie barfuß – zur Musik eines knackenden Senders aus Galway. Sie tanzten, jeder auf einer Seite des Bettes, weil das Zimmer so klein war, und schauten auf das Schattenpaar an der Wand, ein Junge und ein Mädchen mit den gleichen Umrissen wie sie, nur viel größer. Bei jedem neuen Lied im Radio zeigte der Junge an der Wand auf ein anderes Kleidungsstück, welches das Mädchen dann selbst auszog, denn er hatte nicht so viel Geschick mit Häkchen. Sie fühlten sich ganz leicht durch das Bier, ein bisschen schwindlig, und zuweilen sangen sie ein paar Zeilen eines Titels im Radio mit. Dadurch hörten sie nicht, dass draußen auf dem Hof Seamus gelaufen kam, mit einem Brief in der Hand.

In dem Moment, wo Phil sich von ihm verabschiedet hatte und in der Dunkelheit verschwand, hatte er eine Unruhe verspürt, die er nur bezwingen konnte, indem er ihr schrieb. Er hatte sich beeilt, denn er wollte, dass sie den Brief noch vor dem Schlafengehen las. Sie hatten seine Schritte nicht gehört, die Hühner hatten sie nicht gewarnt, die waren es gewohnt, ihn um diese Zeit auf dem Hof aufkreuzen zu sehen.

Sie wussten nicht, dass er sie durch einen Spalt beobachtete – die Frau, die er heiraten wollte, und seinen nackter Bruder. Er sah sie tanzen, das Lächeln, mit dem Phil Michael anschaute, und er erinnerte sich, wie sie ihn angelächelt hatte, als sie »bis heute Abend« sagte. Sein Blick ging zu dem Schatten an der Wand, dem Schatten, der von ihm selbst hätte sein können, die gleiche Stirn, die gleiche Nase – vielleicht war es ja sein Schatten, der dort tanzte, der sich von ihm gelöst hatte und nun ein Eigenleben führte. Ihm wurde schwindlig, übel, er musste sich abwenden.

Er bemerkte daher auch nicht, dass Phil immer verzweifelter lächelte und schließlich überhaupt nicht mehr. Er konnte nicht wissen, dass sie sich fragte, wie lange das noch so weitergehen sollte, dieses Schattenspiel, dieser Fischtanz. Unter Wasser zwischen den Beinen des anderen hindurchzuschwimmen war selbstverständlicher als das, was sie nun von Michael verlangte. Er tat, was sie tat, genau wie bei ihrem ersten Tanz unter den bunten Lämpchen, machte sie nach, aber nie mehr als das. Er betrachtete ihre nackten Brüste, als ob er eine neue Quallenart am Strand entdeckt hätte, amüsiert, erstaunt, und so berührte er sie auch: Wenn man es antippte, schwabbelte so ein Brüstchen hin und her, und das fand er lustig, sehr lustig. Aber als er durchschaute, dass es immer auf dieselbe Weise zitterte, verlor er das Interesse.

»Wenn du ihn fallenlässt«, hörte sie Seamus in Gedanken sagen, »wenn du ihn abservierst.« Das würde nie geschehen, sie liebte ihn. Noch ein Tanz, und dann musste er weg, nach Hause, es sei denn, es sei denn … Wenn sie ebenso nackt wäre wie er, würde er dann, vielleicht, endlich, spüren, dass er ein Mann war? Alles hing von dem Blick ab, mit dem er sie ansehen würde, wenn sie nackt vor ihm stand. Gleich. Noch ein Schluck Bier, noch ein Tanz.

Seamus wollte Phil nicht singen hören, aber er hörte sie doch, immer lauter, frecher. Er presste seinen Hinterkopf an die kühle Wand, wischte sich die Handflächen an der Hose ab und stieß gegen etwas. Im Dunkeln konnte er nicht erkennen, was es war, fühlte etwas aus Holz, einen Stock. Hinter den Fensterläden hörte er Phil lachen, ein seltsames Lachen, das mehr wie Weinen klang. Warum sollte sie weinen? Sie lachte, schluchzte vor Lachen, über ihn natürlich, über den Streich, den sie ihm gespielt hatte. Er würde dafür sorgen, dass ihr das Lachen verging. Er würde sie erschrecken, wie sie noch nie erschrocken war, und mit dem Stock an die Fensterläden schlagen.

Seine Finger schlossen sich um das Holz, das

sehr glatt war, wie er nun merkte, kein Stock, sondern ein Gewehr, und in diesem Moment prallte einer der Fensterläden gegen ihn. Er vernahm Stimmen, seine und ihre durcheinander. Er konnte nicht recht unterscheiden, wer das sagte: »Kommt von dem ganzen Bier.« »Es ist kalt, leg dir etwas um.«

Mit dem Lauf des Gewehrs stieß er den Fensterladen zurück und sah einen Schatten dicht an sich vorbei zu dem Verschlag am anderen Ende des Hofes huschen: ein nackter Rücken, darunter in Hüfthöhe ein schwarzes Tuch, das Umschlagtuch, das sie auf Bridgets Fest getragen hatte, das Tuch, das sie von ihren Schultern hatte gleiten lassen, während sie ihn unverwandt anblickte, und später auf dem Tisch hinter sich abgelegt hatte. Das Tuch, das so gut zu ihrer hellen Haut passte, das Tuch, das er hatte aufbinden wollen, das schwarze Tuch, das sein Bruder gleich … Knoten lagen ihm nicht so, noch nie, er würde es aufzerren. Er hatte Kraft, in den Armen und Händen vor allem, mit diesen starken Fingern würde er das Tuch, würde er sie, seine Hände auf ihrer hellen Haut, seine Hände, die das Tuch, das schwarze Tuch …

Phil hörte erst einen Schuss, dann einen Schrei, so hoch und schrill, dass sie dachte, es sei der Hahn. Michael hatte den Hahn getroffen. Er hatte Malcolms Gewehr genommen und auf den Hahn geschossen. Sie hätte ihn nie so viel Bier trinken lassen sollen, er war keinen Alkohol gewohnt.

»Michael!«, rief sie, »Michael, was machst du denn?«

Es blieb still, so still, wie es noch nie auf der Insel gewesen war.

»Der alte blonde Mann, der über die Insel streift und hier gestern mit einem Topf Essen herauskam, ist also nicht Michael«, fragte ich, »sondern Seamus?«

»Michael liegt schon seit über zwanzig Jahren auf dem Friedhof, ganz in der Nähe der Bucht, wo wir immer geschwommen sind.«

»Warum haben Sie in der Kirche zwei Kerzen angezündet? Für wen ist die andere?«

»Er schreibt nicht mehr, singt nicht mehr, unterrichtet nicht mehr. Der Seamus von früher ist tot.«

Ich schaute mich um, zu den Büchern, die abgestaubt in den Regalen standen. Die Bücher, die Phil selbst gern las, hatte sie aus der Reihe genommen und vor die Rücken der anderen gestellt. »Wie können Sie noch für ihn sorgen? Warum tun sie das alles? Warum sind Sie nicht weggegangen?«

»Das bin ich auch.«

Sie holte eine Flasche Whiskey unter dem Ladentisch hervor, hielt sie fragend hoch und schenkte zwei Gläser halb voll.

»Es dauerte noch Stunden, bis mir bewusst wurde, dass er nicht auf Michael, sondern auf mich geschossen hatte. Sie sagten, dass ich den Spiegel verhängen solle – das ist hier so üblich: In dem Haus, wo jemand gestorben ist, werden alle Spiegel verhängt. Kein Schal war groß genug, aber mein Umschlagtuch lag noch auf dem Hof, das hatten sie liegen lassen, als sie Michael wegbrachten. Ich nahm das Tuch und wusch das Blut heraus, und da erst, als ich dieses nasse, schwere Tuch in den Händen hielt, begriff ich, dass Seamus auf mich geschossen hatte. Ich hatte tot sein sollen, nicht Michael.

Nach der Beerdigung bin ich zu der Klippe gelaufen, wo wir so oft Seelöwen beobachtet hatten, und habe mich auf den Bauch gelegt mit dem Gesicht über dem Rand. Michael schien so nah, dass ich ihn zu spüren glaubte, als ich mit der Hand über das Gras strich. Ich schaute auf den Schaum in der Tiefe und dachte: Schaum ist weich, warum tue ich es nicht? Wenn ich jetzt einschlafe, brauche ich keinen Entschluss zu fassen und rolle vielleicht von selbst hinunter. Ich weiß nicht, wie lange ich da lag, hellwach, und lauschte, wie die Wellen gegen die Felsen schlugen, als Paddys Schnauze mich in die Rippen stupste.

Ich drehte mich um und erblickte Seamus und wusste so klar, wie ich es danach nie wieder gewusst habe: Ich will nicht sterben. Wenn Seamus verhaftet wird, muss doch jemand für Paddy sorgen, und noch Dutzende Gründe zu leben konnte ich ersinnen. Er stand einfach da, bleich, in seinem schwarzen Anzug. Er hätte mir nur einen Stoß zu versetzen brauchen. Aber er kam nicht näher, sagte nichts.

›Dachtest du, dass ich es bin?‹, fragte ich ihn.

Zum ersten Mal schaute er mich an, ganz kurz, und dann schlug er die Augen nieder. ›Ich sah nur das Tuch, nur dieses Tuch, und ich dachte an dich und ihn – und dann wurde alles schwarz.‹

›Aber es war mein Tuch. Du dachtest also, dass ich es bin?‹

›So blond bist du nicht, und auch kleiner.‹

›Es war dunkel.‹

›Er hat sich umgedreht und mich angesehen.‹

›Aber erst nachdem du geschossen hattest. Als es schon zu spät war.‹

›Wenn ich das nur wüsste. Das weiß ich eben nicht. Ich weiß nicht mehr, wann ich erkannte, dass es Michael war, bevor oder nachdem ich …‹

›Aber du wusstest es, als du ihn schreien hörtest?‹

›Dann schon, ja.‹

›Und als du mich rufen hörtest und mich im Fenster stehen sahst …‹

›Ja, da, da wusste ich es.‹

Er blickte mich an, als ob ihm etwas einfiele. ›Aber du konntest nicht wissen, dass er tot ist, und trotzdem hast du geweint.‹

Ich sagte, er habe sich getäuscht, und rannte schnell weg, und ich erinnere mich noch, dass ich dachte: Ich hoffe, er springt. Die Insel ist zu klein für uns beide.«

In der Ferne ertönte das Tuten der Abendfähre. Phil schaute aus dem Fenster. Es war noch nichts zu entdecken, aber wenn wir aufstehen würden, könnten wir das Schiff in die Bucht einlaufen sehen. Ich vernahm Schritte auf dem Weg, und kurz darauf erblickte ich Seamus mit einem Topf unter dem Arm. Als er den Laden schon fast erreicht hatte, schaute er hoch und erblickte mich auch. Er sah mich durch das Fenster an, nur ein paar Sekunden lang, stellte den Topf auf die Holzbank vor dem Laden, drehte sich um und ging den Weg wieder hinunter.

»Soll ich gehen?«, fragte ich. »Ich will ihn nicht verscheuchen.«

»So macht er es immer, wenn Fremde da sind.«

»Als er mich angeblickt hat, da habe ich für einen Moment gedacht, er sieht mir an, dass ich jetzt alles über ihn weiß.«

»Alles?« Sie schüttelte den Kopf.

Ich fragte sie, was den Hass hatte vergehen lassen. Die Zeit?

»Nein. Nicht die Zeit – Gladys.«

»Sie haben sie besucht?«

»Sie kam hierher. Ein paar Tage nach der Beerdigung, als Seamus mit dem Pfarrer in Galway war, um sich zu stellen, erschien sie auf der Insel. Ich erkannte sie sofort. Ich weiß nicht, was mir zuerst auffiel, die goldenen Sandalen an ihren kleinen Füßen oder diese Frisur. Ein Zuckerwatteturm, um den sie auch noch so einen bonbonrosa Schal gewickelt hatte. Und ich erinnerte mich, was Michael über das Haar von Gladys gesagt hatte, ›ein ganz anderes Dach‹. Ich sah, wie sie jemanden nach dem Weg fragte, und folgte ihr, den Pfad hinter der Kirche entlang.

Auf dem Friedhof suchte sie nach einem Grab, auf dem noch kein Stein stand. Er hatte ein provisorisches Grab, mit großen, losen Kieseln bedeckt, darauf die Blumen und darüber ein Fischnetz. Sie öffnete eine Einkaufstasche und holte ein Kissen hervor und eine Thermoskanne und eine Tüte Brötchen, setzte sich neben sein Grab und picknickte. Als ich mich zu ihr stellte, fragte sie, ob ich mit Michael verwandt sei.

›Nicht verwandt.‹

Sie musterte mich von Kopf bis Fuß und sagte dann: ›Seine Freundin, dacht ich's mir doch. Wo ist es passiert? Es wird so viel getratscht, ich werde nicht schlau daraus.‹

›Direkt unter meinem Fenster. Er kam aus meinem Schlafzimmer.‹

Sie nickte, verzog aber ansonsten keine Miene.

›Ich weiß, dass er jeden Monat bei dir war, bevor er mich kennenlernte.‹

Gladys lächelte.

›Er hat es mir selbst gesagt. Seamus hat dir Geld gegeben, und dann hast du Michael mit nach oben genommen, und dann hat er sich ausgezogen …‹

Ich starrte auf die goldenen Sandalen, auf ihre orangerosa Zehennägel, deren Lack ein wenig abgeblättert war, und wollte nicht wahrhaben, was sie mir erzählte.

›Der Junge war müde. Von der Überfahrt und der Busfahrt und all den Eindrücken der Stadt. Der schlief, sobald er das Kissen sah.‹

›Und dann?‹

›Dann habe ich meine Schuhe ausgezogen und mich neben ihn gekuschelt.‹

›Nie? Irgendwas?‹

›Aber nein. Und es wäre auch nie passiert. Auch wenn er nicht so müde gewesen wäre. Ich sehe so was sofort. Guck nicht so, ich bin vom Fach. Manche Männer haben ihn nicht, diesen Trieb, sage ich mal.‹

›Das ist nicht wahr‹, rief ich, ›das sagst du nur, um mich zu schonen. Weil er jetzt tot ist. Weil du es so bemitleidenswert findest, dass du mit ihm und ich nicht …‹

›Reg dich nicht auf. Es war doch nicht dein Geld?‹

›Warum hat Seamus ihn dann zu dir geschickt?‹

›Das musst du ihn fragen. Ich gebe zu: Es war nicht ganz ehrlich von mir, aber so ein bezahltes Mittagsschläfchen …‹ Sie blickte mich an: ›Du verstehst das nicht, aber für mich war es die schönste halbe Stunde des Monats.‹

Wir haben die Brötchen aufgegessen und Kaffee aus der Thermoskanne getrunken, und als wir das Schiffshorn der Mittagsfähre hörten, habe ich sie zum Hafen gebracht. Bevor sie die Laufplanke betrat, meinte sie, dass sie sich wahrscheinlich irre, zwischen ihm und mir sei es vielleicht anders gewesen: Ich sei seine Freundin, würde ihn besser kennen, ich solle vergessen, was sie gesagt habe.

Doch ich dachte an jenen verregneten Nachmittag in dem Wrack, an all die flüchtigen Berührungen und daran, wie er mir, ehe er hinausging, um Wasser zu lassen, mit dem Finger in den nackten Schenkel gepikt hatte, als ob es ein schöner großer

Lachs wäre, und ich wusste, dass sie sich nicht irrte. Kurz vor seinem Tod hatte ich es schon gewusst, aber danach hatte ich mich wieder an die Nacht geklammert, die es hätte werden können, wenn das Gewehr dort nicht gestanden hätte, wenn Seamus mir keinen Brief gebracht hätte, wenn die Plastiktüte mit dem Umschlagtuch mir nicht hinterhergereist wäre.«

Phil schaute mich an. »Du bist auch siebzehn. Du weißt, wie neugierig und begierig man da ist. Ich wollte einen Mann. Jemanden, der mich auf die gleiche Weise wollte wie ich ihn. Keine Ahnung, was ich getan hätte, wenn ich meinen Willen nicht bekommen hätte.«

»Jedenfalls nicht auf ihn geschossen.«

»Später, ich entsinne mich nicht mehr, wann es anfing, sah ich wieder vor mir, wie Seamus und ich an der Schießbude standen. Als ob ich ins Schwarze getroffen hätte und dieser Moment auf Polaroid festgehalten worden wäre: das Gewehr in meiner Hand, er mich mit seinen Armen umfassend. Ich hätte auch *nicht* abdrücken können. Ich hätte auch neben das Kaninchen schießen können. Ich hätte es nicht treffen müssen. Ich hätte nicht ›bis heute Abend‹ zu Seamus sagen müssen mit einem Lächeln, das alles Mögliche versprach ...«

Wir tranken unsere Gläser aus. Weil Leute vom Schiff kamen, die bestimmt alle eine Inselkarte haben wollten, und meine Eltern im Strandhotel auf mich warteten, schilderte sie mir den Rest ihres Lebens in ein paar Sätzen.

Ihre Eltern hatten sie zu Verwandten nach Dublin geschickt, wo sie wieder zur Schule gegangen war, auf das Lehrerseminar, weil ihr nichts Besseres eingefallen war. Sie hatte dort einen Jungen kennengelernt, mit dem sie all die Dinge getan hatte, von denen Susie ihr erzählt hatte. Innerhalb kürzester Zeit war sie schwanger und verheiratet gewesen.

Nach ein paar Jahren war sie auf die Insel zurückgekehrt, zunächst für eine Woche am Ende des Sommers, um sich von ihren Eltern zu verabschieden, die nach Amerika zurückgingen. Ihre Mutter hatte zu viel Heimweh nach ihrer Familie und ihren anderen Töchtern, die Kinder hatten, die sie nur von Fotos kannte. Nach dieser Geschichte mit Phil fiel ihnen die Arbeit auch immer schwerer. Sie glaubten nicht mehr an die ganze Unternehmung, vor allem, da nun ein neues Hotel am Hafen gebaut wurde.

Während Phil ihren Eltern bei der Übergabe des Hotels und beim Kofferpacken half, merkte sie, wie sie die Insel vermisst hatte. Sie suchte all die

Stellen auf, die sie mit Michael entdeckt hatte, lief all ihre geheimen Pfade entlang.

Als sie hörte, dass es nach Seamus nie wieder so einen guten Lehrer auf der Insel gegeben hatte, beschloss sie, ihn zu vertreten. Sie zog mit ihrer Familie auf die Insel und bekam das Haus neben der Schule zugewiesen.

Eines Tages ging sie in den Laden und bemerkte, wie schmutzig es dort war, überall Spinnweben und die Bücher verstaubt und voller Stockflecken. Sie machte sauber, ersetzte die kaputten Fensterscheiben, klopfte den Staub aus den Büchern und ließ manche neu binden.

Sie schrieb Seamus einen Brief, dass der Laden wieder geöffnet sei. Sobald er aus dem Gefängnis käme, könne er ihn sofort von ihr übernehmen. Er müsse ihr nur nachsehen, dass sie außer Büchern nun auch Kaugummi verkaufe und Zeitungen und Ansichtskarten, um mehr Menschen hereinzulocken. Aber Seamus schrieb nicht zurück, beantwortete nicht einen ihrer Briefe. Er wollte nicht mehr reden, mit ihr nicht, mit niemandem, nie mehr.

Sie schwieg. Ich sah sein Gesicht vor mir, den Blick, mit dem er im Pub auf das dunkle Fenster gestarrt hatte und vorhin durch das Ladenfenster. Vielleicht sah er, ob es nun Morgen oder Abend war, ein dunkles Fenster. Ein dunkles Fenster und darin jemanden, der ihm sehr ähnelte. Phil nahm mir das leere Glas aus der Hand und stellte es auf den Ladentisch.

»Warum habe ich dir das alles erzählt? Wie sind wir darauf gekommen?«

»Sie haben mich aus der Kirche kommen sehen, wo ich gerade eine Kerze für Ian angezündet hatte.«

Sie nickte und stand auf. »Solltest du das jemals weitererzählen …«

»Aber das tue ich nicht. Das verspreche ich Ihnen.«

»O doch, das tust du. Du erzählst es Ian, wenn er mit dem Motorrad bei dir vorbeischaut. Oder jemand anderem, wenn du Kummer hast, weil Ian nie aufgetaucht ist und du ihm auch nicht schreiben kannst, da er dir keine Adresse gegeben hat. Oder du erzählst es später deinen Kindern, wenn sie von ihrer großen Liebe sprechen. Der einen. Der wahren. Wie auch immer, nenn diese Insel nicht, ändere meinen Namen.«

Ich versprach ihr, dass ich versuchen würde, ihren Namen zu vergessen. Ich sagte ihr, dass diese Insel in meinen Gedanken ohnehin schon »Die Insel« war, die einzige, die Insel der Inseln. Ich ging zur Tür und kündigte an, dass ich am nächsten Tag mit der ersten Fähre abreisen würde, dass ich aber gewiss wiederkäme.

Sie nickte. »Alle kommen wieder.«

»Dann besuche ich Sie, mit Ian.«

Ich blickte sie fragend an, in der Hoffnung, sie würde etwas Ermutigendes sagen, doch sie reagierte nicht.

»Ich werde morgen winken«, war das Letzte, was sie sagte.